住在自己的美好里

丁立梅 著

国际文化出版公司
·北京·

图书在版编目（CIP）数据

住在自己的美好里 / 丁立梅著. —北京：国际文化出版公司，
2017.4

（香梅系列）

ISBN 978-7-5125-0925-2

I. ①住… II. ①丁… III. ①散文集—中国—当代 IV. ① I267

中国版本图书馆 CIP 数据核字（2017）第 035474 号

住在自己的美好里

作　　者	丁立梅	
总 策 划	葛宏峰	
责任编辑	宋亚眶	
统筹监制	李　莉	
策划编辑	徐　妹　陈　静	
内文插画	度薇年　丛　威	
美术编辑	秦　宇	
出版发行	国际文化出版公司	
经　　销	国文润华文化传媒（北京）有限责任公司	
印　　刷	北京文昌阁彩色印刷有限责任公司	
开　　本	880 毫米 × 1230 毫米　　　32 开	
	8 印张　　　　　　　　　176 千字	
版　　次	2017 年 4 月第 1 版	
	2017 年 4 月第 1 次印刷	
书　　号	ISBN 978-7-5125-0925-2	
定　　价	39.80 元	

国际文化出版公司

北京朝阳区东土城路乙 9 号　　邮编：100013

总编室：（010）64271551　　传真：（010）64271578

销售热线：（010）64271187

传真：（010）64271187-800

E-mail：icpc@95777.sina.net

http：//www.sinoread.com

暗香

我爸给我取名梅。

一村人皆惊奇。因为，彼时村里的姑娘们，叫芳叫桃叫琴叫草叫锁儿纽扣的一堆儿，还不曾有人叫过梅。

我爸那个时候还年轻，初通文墨，喜弄笛弄琴，闲时爱读点诗书，与大字不识一个的村人们，自是有了不同。我呱呱坠地之前，我爸碰巧读到林逋的诗句"疏影横斜水清浅，暗香浮动月黄昏"，喜欢得很，觉得里面有雅趣。他见到我的第一眼，几乎没经大脑思考，就脱口而出说，这个丫头，就叫梅吧。

我很幸运地，拥有了一个暗地里生着软香的名字——梅。

乡下却少有梅树。至少，在我成长的年月里，没见过。

但乡人们对梅却不陌生。不但不陌生，还亲热得很，简直是拿它当至亲相待的。随便走进一家去，都能找出几"树"梅来。被面上印着呢。枕头上绣着呢。木头床的床头，也雕着呢。枝干一律的虬劲，上噙红梅朵朵。枝头上有时会站一只长尾巴的花喜鹊，那是喜鹊闹梅了。我总长时间地盯着那只喜鹊看，觉得那只喜鹊不同凡响。日常里，我所见到的喜鹊，也只会站在家门口的苦楝树或是老槐树上喳喳叫，做的窝也潦草得很，乱蓬蓬的，像懒媳妇好多天没梳洗的头。

我想象着与梅在一起的喜鹊。渴了，就喝梅花雪水解渴吧？《红楼梦》里，妙玉是拿这个招待宝玉、黛玉、宝钗的，那是她悉心收攒的梅花上的雪水，统共才收了一瓮，埋在地下五年，梅花的香魂，全融进雪水里了。梅花是雪，雪是梅花，哪里分得清？清高玉洁的女儿家，在梅的跟前，也只剩谦恭。

也顶喜欢盖被面上印着喜鹊闹梅的被子。那上面的梅花无一朵不鲜艳，我伸手去摘，似乎就能摘下一朵来。又生出向往的心，想做那只站在梅树上的花喜鹊，日日闻香。

年画里，也多的是寒梅报春图。家家的土墙上，都张贴着那样一张，再贫瘠困苦的日子，也有香气弥漫，充满希冀。

到我念中学时，去了离家三十里外的老街上。老街上都是粉墙黛瓦，巷道弯曲悠长。寒冬的天，我打一户人家门前过，突然闻到一阵幽香。我从敞开的院门中，瞥见院子里一树的花，细细碎碎的红。我一惊，那不是梅花吗！

我站在那里瞎激动。那户人家家里没有动静，我亦不敢惊扰。好不容易等来一老街人，我拖住她寻问，她瞟一眼院内，说，是梅花呀。

我真感激她这么说。我吊着的一颗心，终归了位。

从此，我对那户人家充满好感。我常跑去那里看看，一个冬天，花都在凌凌开着，香气轻播。有妇人在梅树下拾掇着什么。有小女孩跳到梅树下，不知有什么好事情，惹得她眉眼间都是笑。她们都有着好颜色，浑身喷着香。经年之后，记忆每每翻到这一页，我的心，都忍不住柔软起来。这一页里，飘溢着梅香，满蓄着人世间的好情好意。

成年后，我走的地方多了，常与梅不期而遇。遇见，我必驻足，细细端详，内心激动，当故知重逢。

也多次去南京梅花山观梅。那里梅花品种多，有官粉梅、朱砂梅、玉蝶梅、绿萼梅、七星梅，不一而足。是好女子千千万。徜徉在那样的梅海中，梅香一缕一缕，在身边轻拂，人也自觉静了，雅了。梅花的静，是骨子里的静。梅花的香，亦是骨子里的香。含蓄，内敛，自带风流。

我有好友，也是个爱梅的。她憧憬将来老了的日子，择一乡下小院而居，窗前，一定会植一树梅。我跟她打趣，我说，到时，我搬去和你同住。

我是爱着那样的窗，有着梅花映照梅香轻拢的窗。"寻常一样窗前月，才有梅花便不同"，这世上，因有着一缕梅香在，多生出多少活色生香的留恋啊。

丁立梅

Chapter 1

小扇轻摇的
时光

Chapter 2

青春底版上
开过白兰花

Chapter 3

黑白世界里的
纯情时光

Chapter 4

每一棵草
都会开花

Chapter 5

盛夏的
果实

Chapter

1

小扇轻摇
的时光

母亲踅进厨房有好大一会儿了。

我们兄妹几个坐在屋前晒太阳，等着开午饭，一边闲闲地说着话。这是每年的惯例，春节期间，兄妹几个约好了日子，从各自的小家出发，回到母亲身边来拜年。母亲总是高兴地给我们忙这忙那。这个喜欢吃蔬菜，那个喜欢吃鱼，这个爱吃糯米糕，那个好辣，母亲都记着。端上来的菜，投了人人的喜好。临了，母亲还给离家最远的我，备上好多好吃的带上。这个袋子里装青菜，那个袋子里装年糕肉丸子。姐姐戏称我每次回家，都是鬼子进村，大扫荡了。的确有点像。母亲恨不得把她自己，也塞到袋子里，让我带回城，好事无巨细地把我照顾好。

这次回家，母亲也是高兴的，围在我们身边转半天，看着这个笑，看着那个笑。我们的孩子，一齐叫她外婆，她不知怎么应答才好。摸摸这个的手，抚抚那个的脸。这是多么灿烂热闹的场景啊，它把一切的困厄苦痛，全都掩藏得不见影踪。母亲的笑，便一直挂在脸上，像窗花贴在窗上。母亲突然想起什么似的说："我要到地里挑青菜了。"却因找一把小锹，屋里屋外乱转了一通，最后在窗台边找到它。姐姐说："妈老了。"

妈真的老了吗？我们顺着姐姐的目光，一齐看过去。母亲在阳光下发愣。"我要做什么的？哦，挑青菜呢。"母亲自言自语。背影看起来，真小啊，小得像一枚皱褶的核桃。

厨房里，动静不像往年大，有些静悄悄。母亲在切芋头，切几刀，停一下，仿佛被什么绊住了思绪。她抬头愣愣看着一处，复又低头切起来。我跳进厨房要帮忙，母亲慌了，拦住，连连说："快出去，别弄脏你的衣裳。"我看看身上，银色外套，银色毛领子，的确是不经脏的。

我继续坐到屋前晒太阳。阳光无限好，仿佛还是昔时的模样，温暖，无忧。却又不同了，因为我们都不是昔时的那一个了，一些现实无法回避：祖父卧床不起已好些时日，大小便失禁，床前照料之人，只有母亲。大冬天里，母亲双手浸在冰冷的河水里，给祖父洗弄脏的被褥。姐姐的孩子，好好的突然患了眼疾，视力急剧下降，去医院检查，竟是严重的青光眼。母亲愁得夜不成眠，逢人便问，孩子没了眼睛咋办呢？都快问成祥林嫂了。弟弟婚姻破裂，一个人形只影单地晃来晃去，母亲当着人面落泪不止，她不知道拿她这个儿子怎么办。母亲自己，也是多病多难的，贫血，多眩晕。手有严重的风湿性关节炎，疼痛，指头已伸不直了。家里家外，却少不了她那双手的操劳。

我再进厨房，钟已敲过十二点了。太阳当头照，我的孩子嚷饿，我去看饭熟了没。母亲竟还在切芋头，旁边的篮子里，晾着洗好的青菜。锅灶却是冷的。母亲昔日的利落，已消失殆尽。看到我，她恍然惊醒过来，异常歉意地说："乖乖，饿了吧？饭就快好了。"这一说，差点把我的泪说出来。我说："妈，还是我来吧。"我麻利地清洗锅盆，炒菜烧汤煮饭，母亲在一边看着，没再阻拦。

　　回城的时候，我第一次没大包小包地往回带东西，连一片菜叶子也没带。母亲内疚得无以复加，她的脸，贴着我的车窗，反反复复地说："乖乖，让你空着手啊，让你空着手啊。"我背过脸去，说："妈，城里什么都有的。"我怕我的泪，会抑制不住掉下来。以前我总以为，青山青，绿水长，我的母亲，永远是母亲，永远有着饱满的爱，供我们吮吸。而事实上，不是这样的，母亲犹如一棵老了的树，在不知不觉中，它掉叶了，它光秃秃了，连轻如羽毛的阳光，它也扛不住了。

　　我的母亲，终于爱到无力。

倔强

　　她一直比较倔强。倔强，是她用来对付父亲的。她的父亲，是个军人，军人的作风，让他脸上的威严总是多于温和。

　　小时，她曾试图用她的优秀瓦解父亲脸上的威严，她努力做着好孩子，礼貌懂事。当她把一张一张的奖状捧至父亲跟前时，她难掩内心的激动，脸上有飞扬的得意。然而父亲只是淡淡看一眼，说，还要继续努力。

　　如此的不在意，深深刺痛了她。她甚至怀疑自己不是父亲亲生的。她跑去问母亲，母亲抚抚她的头说，怎么会呢？生你的时候，你爸一高兴，从不喝酒的人，喝掉半斤二锅头呢。

　　哪里肯信？回头看父亲，父亲正不动声色地在翻一份报纸，怎么看怎么不像一个爱她的人。

　　这以后，她总跟父亲对着干，惹得父亲对她频频发火。她不吭声，倔强地看着父亲，最终，是父亲先叹一口气，转身而去，脚步蹒跚。母亲曾哭着劝，你们父女两个，是前世的冤家吗？她想，或许是吧。

高中分文理科时，父亲建议她学文，那是她的特长。她偏偏选了学理。大学填报志愿时，父亲要她填师范专业，照父亲的想法，女孩子做老师，是最理想的职业了，安静又安全。她偏不，而是填了建筑专业。气得父亲干瞪眼。

大学毕业那年，她有心回到父母所在的城市找工作。如果父亲很温和地劝她留下，她一定会留下。但父亲没有。她一气之下，跑到千山万水外去了。

一个人在外拼搏，很难。举目的陌生，更是让心多了几层寒冷。好在不久后她遇到好人，在公司看大门的张伯，总对她关怀备至。下雨天他会为她送伞，家里做了好吃的，他会用半旧的饭盒装着，给她带了来。她好奇地问张伯，怎么对我这么好？张伯笑笑说，你像我女儿啊，我也有个你这么大的女儿，在外地读大学呢。那一刻，她想到父亲，心，突然很疼很疼。

母亲不时会给她寄东西来，吃的穿的用的都有。父亲却不曾有只言片语来。她由此更坚定了，父亲，是从不曾爱过她的。她对自己说，不要去想他。

那日，张伯过生日，喊她去他家吃饭。在张伯家，她受到张伯老两口最热情的接待。她陪他们一起包饺子，热热乎乎像一家人了。吃饭时，张伯一高兴，喝多了，对她说，丫头，你有一个好爸爸啊，他左一个电话，右一个电话来，拜托我要好好照顾你，说你性格倔，怕你吃亏哪。什么时候他来看你了，我一定要和他喝两盅。

她的惊奇无以复加。她问张伯，你怎么认识我爸的？张伯摇摇头呵呵乐了，说，也只是电话里认识，还没见过面呢。一个真相，让她的心，顷刻间翻江倒海起来——张伯，竟是父亲战友的朋友的朋友。

　　原来，山路十八弯，通向的，是一个叫爱的地方。千万重山水，也阻隔不了，一个父亲的爱。

父亲的菜园子

父亲在电话里给我描绘他的菜园子：菠菜，大蒜，韭菜，萝卜，大白菜，芫荽，莴苣……里面什么都长了，你爱吃的瓜果蔬菜有的是，你就等着吃吧。

我的眼前，便浮现出这样的菜园子：里面的青翠缠绵成一片，深绿配浅绿，吸纳着阳光雨露。实在美好。

既而我又有些怀疑了，父亲虽是农民，但他干的是粗活，挑河挖地，他很在行。而种瓜果蔬菜，是精致活，像绣花一样的，得心细才行。这一些，几十年来，都是母亲做的，父亲根本不会。

我的疑虑还未说出口，父亲就在那头得意地说，种菜有什么难的？我一学就会了。我知道你喜欢吃这些呢，所以辟了很大的一个菜园子。

自从母亲的类风湿日益严重后，父亲学会了做很多事，譬如煮饭和洗衣。想到年近七十的老父亲，在锅台上笨拙的样子，我的眼睛，忍不住发酸。父亲却呵呵乐，说，等你回来，我到菜园子里挑了菜，炒给你吃，保管你喜欢的。

父亲的菜园子，在父亲的描绘中，日益蓬勃起来。他说，青椒多得吃不掉了，扁豆结得到处都是，黄瓜又打了许多花苞苞，萝卜马上能吃了……我家的餐桌上，便常常新鲜蔬菜不断，碧绿澄清。有的是父亲亲自送来的，有的是父亲托人带来的。父亲说，市场上的蔬菜农药太多，你们少买了吃，还是吃家里带的好。

有时，父亲带来的蔬菜太多，我吃不掉，会分赠给左邻右舍。即便这样，父亲仍在电话里问，够不够吃？不够，我菜园子里多着呢。仿佛他那儿有一口井，可以源源不断地喷出蔬菜来。

偶然得了机会，我回家转，第一件事，就是直奔父亲的菜园子。母亲坐在院门口笑，母亲说，你爸哪里有什么菜园子啊，学了大半年，他才学会种青菜，这人笨呢。

我疑惑，那，爸送我的那些蔬菜哪里来的？

母亲说，是你爸帮工帮来的。我不能种菜了，他又不会种，怕你没菜吃，他就去邻居家帮工，人家送他一些现长的瓜果蔬菜抵工钱。

怔住。回头，瞥见父亲正站在不远处，不好意思地冲我笑，他因他的"谎言"被揭穿而羞赧。嘴上却不肯服输，招手叫我过去，说，你别听你妈瞎说，我不只会种青菜的，我还学会种芫荽了。

他领我去屋后，那里，新辟了一块地，地里面，一些嫩绿的小芽儿，已冒出泥土来，正探头探脑着。父亲指着那些芽儿告诉我，这是青菜，那是芫荽。还种了一些豌豆呢。你看，长得多好。

这里，很快会成一片菜园子，你下次回家来看，肯定就不一样了，父亲说。他的手，很有气势地在空中画了一个半圆，脸上有骄傲，有向往，有疼爱。

　　我点头。我说到时记得给我送点青菜，还有芫荽，还有豌豆。我喜欢吃。

手指上的温度

坐在母亲的小院里晒太阳，冬天的太阳。

母亲的小院落，还是从前的模样。几十年了，无数个季节花开花落，星月流转，它却坚定地守在这里，等着我回来晒太阳。

母亲把炒好的南瓜子捧出来给我嗑。夏天的时候，母亲的小院里，还有门前屋后，总会开满艳艳的黄花，是南瓜的花。不多久，就看到很有些壮观的场面：大大小小的南瓜，睡在绿的叶间，像胖娃娃。母亲吃不掉那些南瓜，母亲栽种它们的目的，是为了取里面的籽。把那些籽洗净，晒干，炒熟，就是香味四溢的瓜子儿。母亲知道她的孩子喜欢吃。

母亲的脚步声在院门外响起。胳膊肘里挎着篾篮，篾篮里是碧绿的青菜，很蓬勃。母亲不知打哪儿学到一句很时髦的话，笑眯眯地对我说："这是绿色食品。"父亲跟在后面进来，也说："这是绿色食品，一点农药都没打过的，"母亲回头，佯怒道："怎么我跑到哪儿你跟到哪儿，跟猫儿似的？"

父亲就对我告状，说母亲老是欺负他。母亲不甘落后，也抢着告状，说父亲欺负她了。我问怎么个欺负法？两个人就傻笑，说不出个所以然来，只嘟囔着说，反正欺负了。

心突地一紧，想起小时候，受了冷落，总是以这样的方式来引起父母的注意，到母亲面前告状，说姐姐欺负我了。母亲就会抱抱我，亲亲我。母亲的温度，通过手指传给我，我小小的心，很安静很温暖。

阳光绵软如絮。恍惚中，从前的那个小女孩长大了，而我的父母却小了，愿望只剩下那么一点点：只想不被我们遗忘掉。

眼睛触到父亲的白发，母亲的皱纹，突然无话。记起回来时，曾在包里塞进一条烟，是带给父亲的。虽说吸烟有害健康，是我极力反对的，但父亲没别的嗜好，就爱吸两口。我所能做的，也就是顺了他的喜好，让他开心。

父亲得了香烟很得意，跑到母亲跟前炫耀，他晃着那条烟馋母亲，说："丫头带给我的。"其神态，像意外得了宝贝的孩子。

母亲不乐意了，跑过来，对我摊开双手说："我也要。"我觉得好笑，我说你又不抽烟，要烟做什么？低头到包里翻找，我找出一盒巧克力，是单位同事结婚时发的喜糖，我随手放在包里面了。我把巧克力拿出来给母亲，母亲惊喜非常，把那盒包装精美的巧克力托在掌上，看了又看，然后举到父亲跟前，欢天喜地地说："看，丫头还是最宝贝我，送我的东西比送你的好看。"

午饭过后，我回城里。半路上，到包里掏纸巾擦手，手触到一个纸盒，掏出来，竟是我给母亲的那盒巧克力。不知何时，母亲又把它悄悄塞回到我的包里面，上面的包装都未曾动过。

原来，母亲所索要的，不过是我手指上的温度。

等你
回家

　　陪一个父亲，去八百里外的戒毒所，探视他在那里戒毒的儿子。

　　戒毒所坐落在荒郊野外。我们的车，在乡间土路上颠簸着。路边，野葵和蒲公英开得兴兴的。一些鸟，在草地间飞起，又落下。天空蓝得很高远。做父亲的心，却低落得如一棵衰败的草。他恨恨地说，真不想来啊。

　　一路上，他不停地痛骂着儿子，历数着儿子种种的不是，说他毁了一个家，毁了他。他含辛茹苦养大他，为他在城里买了房、买了车，帮他娶了媳妇。那个不孝子，却被一帮狐朋狗友拖下水，去吸食毒品。房子吸没了，车子吸没了，媳妇吸跑了，他一辈子积攒的家业，几乎被他掏空了。

　　我真想跟他同归于尽！这个父亲，说到激愤处，双眼通红地睁着，抛出这样一句狠话来。若儿子在跟前，他是要把他撕成碎片才甘心的。

我坐在一边，听他痛骂，隐隐担着心，这样的父亲，去见儿子，会有怎样的结果？

车子静静地，一路向前。野葵和蒲公英，一路跟着。也终于，远远望见了几幢房，青砖青瓦，连在一起，坐落在一块开阔地。开车的师傅说，到了。做父亲的像突然被谁猛击了一掌似的，愣愣地，不相信地问，真的到了？一看表，快上午十点了。他急了，说，也不知能不能见着。因为按这家戒毒所的规定，上午十点之后，一律不允许探视。

他一口气跑到大门口。还好，还有十五分钟的时间。办了相关手续，这个父亲一秒也不曾停留，急急火火往探视室跑。很快，他儿子被管教干部带进来。高高壮壮的年轻人，脸上也无欢喜也无悲。他看到父亲，嘴角稍稍牵了牵，像嘲讽。一层玻璃隔着，他在里头，父亲在外头。做父亲的盯着他，从他进来起，就一直盯着他，话筒拿在手上，并不说话。

旁边，亦有来探视的人。一个长相甜美的女孩子，在玻璃窗外头，不停地用手指头在举起的另一掌上画着什么。在里头看着的，是个清秀的男孩子。他眼睛跟着女孩的手指转动，频频点头，含着泪笑。他是读懂她爱的密码的，从此，都改了吧。还有几个人，男男女女，大概是一家子，同在一起，争着跟里面一个中年人说话。里面的中年人，憔悴着一张脸，却一直笑着，一直笑着。这时，他们中的一个，突然到探视室外面，叫了一个男孩进来。孩子不过十一二岁，白净的面容，文文弱弱的。孩子怯怯地打量了四周一眼，走到中年人那里，拿过话筒，隔着玻璃窗，才说了一句什么，里面笑着的中年人，不笑了，他愣愣地看着孩子，眼泪下来了。

哭什么呢？你会改好的！我听到那些人里的一个人大声说。

探视的时间快要过去了，管教干部已进来提醒。一直跟儿子对峙着的父亲，这时掉过头来。我发现他与刚才的强悍，判若两人，竟是一脸的戚容，他低声说，里面的日子，不好过的，看他，也黑了，也瘦了。

他问我，你有纸笔吗？

当然有。我掏出来给他，正疑惑着他要做什么，只见他低头在纸上迅速写下几个字，贴到玻璃窗上，给儿子看。里面的年轻人，看着看着，神情变了，两行泪，缓缓地，从他腮边滚落下来。

探视结束后，我看到这个父亲在纸上留下的字，那几个字是：儿子，等你回家。

　　暑假了，母亲一直盼望我能回乡下住几天，她知道我打小就喜欢吃一些瓜呀果的，所以每年都少不了要在地里多种一些。待我放暑假的时候，那些瓜呀果的正当时，一个个碧润可爱地在地里躺着，专等我回家吃。

　　天气热，我赖在空调间里怕出来，故回家的行程被一拖再拖。眼看暑假已过半了，我还没有回家的意思。母亲首先沉不住气了，打来电话说："你再不回来，那些瓜果都要熟得烂掉了。"

　　再没有赖下去的理由了。于是，带了儿子，冒着大太阳，坐了几个小时的车，回到了生我养我的小村庄。

　　村里的人都是看着我长大的，看见我了，亲切得如同自家的孩子，远远地就笑着递过话来："梅又回来看妈妈啦？"我笑着应："是呢。"走老远，听他们在背后说："这孩子孝顺，一点不忘本。"心里面霎时涌满羞愧，我其实什么也没做呀，只是偶尔把自己送回来给日夜想念我的母亲看一看，就被村人们夸成孝顺了。

母亲知道我回来了，早早地把瓜摘下来，放在井水里凉着。是我最爱吃的梨瓜和香瓜。又把家里唯一的一台大电扇，搬到我儿子身边，给我儿子吹。

我很贪婪地捧了瓜就啃。母亲在一旁心满意足地看着，说："田里面结得多呢，你多待些日子，保证你天天有瓜吃。"我笑一笑，有些口是心非地说："好。"儿子却在一旁大叫起来："不行不行，外婆，你家太热了。"

母亲就诧异地问："有大电扇吹着还热？"

儿子不屑了，说："大电扇算什么，我家有空调。你看你家，连卫生间都没有呢。"

我立即用严厉的眼神制止了儿子，对母亲笑笑，"妈，别听他的，有电扇吹着不热的。"

母亲没再说什么，走进厨房，去给我们忙好吃的去了。

晚饭后，母亲把那台大电扇搬到我房内，有些内疚地说："让你们热着了，明天你就带孩子回去吧，别让孩子在这里热坏了。"

我笑笑，执意要坐到外面纳凉。母亲先是一愣，继而惊喜不已，忙不迭地搬了躺椅到外面。我仰面躺下，对着天空，手上执一把母亲递过来的蒲扇，慢慢摇。虫鸣在四周此起彼伏地响着，南瓜花儿在夜里静静地开放。月亮升起来了，盈盈而照，温柔若水。恍惚间，月下有个小女孩，手执蒲扇，追着流萤。依稀的，都是儿时的光景。

母亲在一旁开心地有一句没一句地说着，重重复复的，都是走过的旧时光。母亲在那些旧时光里沉醉。

月光潋滟，我的心放松似水中柔柔的一根水草，迷糊着就要睡过去了。母亲的话突然在耳边响起，"冬英你还记得不？就是那个跟男人打赌，一顿吃下二十个包子的冬英。"

当然记得，那个粗眉大眼的女人，干起活来，大男人也及不上她。

"她死了。"母亲语调忧伤地说，"早上还好好的呢，还吃两大碗粥呢。准备到田里除草的，人还没走到田里呢，突然倒下就没气了。"

"人呀。"母亲叹一声。"人呀。"我也叹一声。心里面突然惊醒，这样小扇轻摇，与母亲相守的时光，一生中还能有几回呢？暗地里打算好了，明日，是决计不会回去的了，我要在这儿多住几日，好好握住这小扇轻摇的时光。

父亲说，你妈现在不中用了，在家门口都迷路。母亲小声争辩，是夜里黑，看不见嘛。

母亲去亲戚家做客，当夜搭了顺路车回来，车子停在离家半里路的河对岸，过了新修的桥，就到家了。可她却找不着回家的路，稀里糊涂踏上了相反的路，越走离家越远，幸好遇到晚归的同村人，把她送回家。

母亲老了，这是不争的事实，她再也没有从前的利索和能干了。我看着母亲，百感交集，想起了多年前与她相关的一件事，我一直觉得它是奇迹。

那年，我在外地上大学，第一次离家上百里，想家想得厉害，便写了一封家书。字里行间满是孤寂，如跋涉在沙漠里的人。母亲不识字，让父亲念给她听，她竟一刻也坐不住了，决定坐车去学校看我。

母亲是从未出过远门的，大半辈子只圈在她那一亩三分地里。可她决心已下，任谁也阻拦不了。她去地里拔了我爱吃的萝卜，烙了我爱吃的糯米饼，用雪菜烧了小鱼……临了，母亲又去和邻居大婶借了做客的衣——一件鲜艳的碎花绿外套。母亲考虑得周到，她不想让在大学里念书的女儿丢脸。

左挎右捐的，母亲上路了。那时去我的学校，需要在中途转两次车。到了终点站还要走十来里路。我入学报到时，是父亲一路陪着的。上车下车，穿街过巷，直转得我头晕，根本分不清东南西北，记不住路。

然而我大字不识一个的母亲，却准确无误地摸到我的学校。我清楚地记得，那是秋末的一天，黄昏降临了。风起，校园里的梧桐树，飘下片片金黄的叶。最后一批菊们，在秋风里，掏出最后一把热情，黄的脸蛋红的脸蛋，笑得满是皱褶。我在教室里看完书，正要收拾东西回宿舍，一扭头，竟看见母亲站在窗外，冲着我笑。我以为是眼花了，揉揉眼，千真万确是母亲啊！她穿着鲜艳的碎花绿外套，头上扎着的方格子三角巾，被风撩起。黄昏的余晖，在母亲身上镀一层橘粉，她像是踩着云朵而来。

那日，我们的宿舍，过节一般。女生们个个都有口福了，她们咬着母亲带来的大萝卜，吃着小鱼，还有糯米饼，不住地说，阿姨，好吃，太好吃了。而母亲，不大听得懂她们说的话，只是那么拘谨地坐着，拘谨地笑着。那会儿，一定有风吹过一片庄稼地，母亲淳朴安然得犹如一棵庄稼。

一路之上，母亲是如何上车下车，又是如何七弯八拐到达我们学校的。后来，她又是如何在偌大的校园里，在那么多的教室中，一眼找到了我的，这成了一个谜。

　　我曾问过母亲，她始终笑，不答。现在我想，这些问题根本无需答案，因为她是母亲，所以她的爱能踩着云朵而来。

看电视里的民国少爷，穿质地精良的长衫，手执一把折扇，逗鸟看戏四处游玩，后面还跟着几个小跟班，优哉游哉着，我总忍不住想，那是不是我爷爷少年时。

我爷爷生于民国七年，在苏北一个叫丁家庄的地方。据我爸讲，当年的丁家庄，有一半田地，都是我爷爷家的。合家百十口人，住的房屋都是青砖小瓦房，有前后院落，几进几出。彼时，我祖上花开灼灼，人丁兴旺，好一个人间繁庶地。

我爷爷上有三个哥哥、四个姐姐，他是家里最小的孩子，排行老四，人称四少爷。我那未曾谋面的太奶奶，家风甚严，规矩极大，唯独对我爷爷这个老幺，宠溺得不行，请了私塾先生专门教我爷爷习字读书。我爷爷不爱，正经的书读不了几行，只管把那些野趣传闻的偷拿来读。我还记得小时他讲包青天，讲隋炀帝下扬州，讲小方青会姑母，讲岳飞，讲杨家将，故事好听得很，总吸引一批孩子围着他。我爷爷也是斗蟋蟀玩纸牌扎风筝的头把好手，我奶奶说，跟她拜堂成亲那天，我爷爷还在跟人玩斗蟋蟀，家里着人找了半天，才把他找回家。我奶奶怀头胎，就要生了，我爷爷却领着一帮侄子侄女在放风筝。他扎了一架几丈长的巨型风筝，飘飘摇摇上了天，底下有成百人观看。值此时，好风好水，繁花满枝头，乱世浮沉，世事维艰，与我爷爷一点关系也没有的。

我太奶奶过世，一个大家族立马四分五散。我爷爷分得一些房屋田产，吃饭度日原是足够了，然因他太贪玩，不懂生计，很快把些房屋田产都变卖光了。他带我奶奶举家迁去荒田时，全部家产只剩下三间小瓦房。我家住了多年的茅草屋，屋上的椽子、大梁、门和木格窗，都是这三间瓦房上的。祖上留下的东西，也就这么多了。

生活变得辛苦，我爷爷跑去上海投奔他的二哥和大姐。二哥和大姐，早年在上海做事，也都把家安在上海。这个小弟弟到了，做哥的做姐的自然照顾有加，鼎力相助。二哥很快帮他谋得一轻松差事，坐办公室的，专管一支黄包车队。还给他弄到了一间房，带小阁楼的，上面住人，下面可以烧饭。我爷爷在上海安顿下来，乐不思蜀，他偶尔去办公室装模作样坐一会儿，也没什么事可做。然后就去泡戏园，他追过梅兰芳的戏，几乎场场必到。

我奶奶在家望眼欲穿，盼着他能寄点钱回家。哪里有！他自个儿玩还不够的。无奈，我奶奶带着我爸，怀里还抱着一个吃奶的幼儿，决心去上海找我爷爷。娘仨才走到半路上，路上却发生枪战，是八路军与国民党在交手。娘仨随逃难的人跑，急急慌慌中，我奶奶把抱在手里的幼儿也给弄丢了。她和我爸趴到一条渠沟里,趴了一夜,只听见子弹从耳边"嗖嗖"飞过,如爆豆子似的。好不容易枪声停了,却传来消息,去往上海的路被封了,她和我爸只得打转回来。

丢了的孩子,被好心人捡了,辗转交到我奶奶手上。只是这孩子注定命不长,回来后不久,得了天花,死了。若活着,一切顺当,如今也六七十岁了,我该叫她三娘娘。

我爸孤身一人去上海投奔我爷爷时,七岁。我爸去投奔的目的只有一个,他想念书。

我爷爷遂了我爸的愿,把我爸送进学堂。

然我爷爷一个人逍遥惯了,完全没有做父亲的意识,他有了钱,还是想去泡戏园,就去泡戏园,一泡就是一整天,全然想不到,家里还有一个小孩在等着他。我爸中午放学回来,常常锅灶是冷的,家里无一粒米,可怜的孩子饿着肚子又去上学。走过弄堂口,那里有做油饼的山东人,认得我爸,有时会好心地送我爸一只油饼吃。

我爸拖欠学校的学费。问我爷爷要钱,我爷爷总是说:"等下次吧,下次发了工钱,我就给你。"然下次真的发了工钱,他首先是听戏去了,泡茶楼去了,学费依然拖欠着。每日去学校,老师见到我爸的第一桩事就是问:"丁志煜,你今天学费带了吗?"我爸羞愧地摇头。老师就没好气地说:"唉,站到后面去。"我爸就站到教室后面去,堂堂课都站着。

饥饿和罚站,终于把一个孩子压垮了,刚好有苏北乡下的人来上海，我爸要跟着那人回去。我爷爷不阻拦，去弄堂口买了十只油饼，让我爸揣着，就把我爸给打发走了。

我爸的学业就此中断，他在上海，只读了两年半的书。

我爸对我爷爷一直有着抱怨。"糊涂虫，糊涂了一辈子。"我爸如此评价我爷爷。

摊上这样一个诸事不问、只管玩乐的父亲，做孩子的自然很辛苦。我爸是家里长子，上面虽有两个姐姐，可作为家里最大的男丁，他六七岁就能去老街上的典当行当东西，换回大米。大凡家里跑腿的事，也都归这个六七岁的孩子管。

我爸生得聪明伶俐，他看典当行的老板，躺在摇椅上翻一本古书，心生羡慕，萌生出要读书的念头，长大了也要当典当行的老板。他怀抱着这个梦想，奔向我爷爷去，我爷爷却对他的梦想无甚兴趣，对他的读书，也无甚兴趣。因拖欠学费，我爸不得不离开上海，我爷爷也是一点愧疚也没有的。台上的红粉水绿，咿咿呀呀，那才是他全部的喜乐。

隔两年，我爷爷也回到苏北乡下来。是因为上海发生动乱，还是因为他又混不下去了，不知。上海的那个小阁楼他不要了，他身无分文地回到我奶奶身边。家里的穷困，似乎落不到他眼里一点点，他一天三顿喝着野菜稀饭，也还有闲心扎风筝，还在门口种花，种牡丹和芍药，开出一大片碗口大的红艳艳的花。

我爸十六七岁时，吾乡学校招人，我爸又去读书，是半工半读。多是二十岁上下的青年人，他们学写小楷，学珠算，学诗词音律。

我爸写得一手好小楷，中楷、大楷也都来得。从我有记忆起，腊月脚下，我家就天天人爆满，热闹得像赶集，人人腋下夹一张红纸，来托我爸写对联。我们兄妹帮着裁纸，忙得不亦乐乎，家里成了红海洋。

我爸打起算盘来，也是双手飞快，噼里啪啦。队里年终分粮，都是我爸拿了算盘，在一旁帮着算账，分毫不差。

我爸还会很多乐器，笛子，手风琴，口琴，二胡。吾村好多年里，都有新年文艺会演，有挑花担的，二十出头的姑娘，化着浓妆，胭脂口红，都是艳到极点的，看着美。她在二胡的伴奏下，唱着杨柳叶子青啊啦，扭着小蛮腰，一步三晃，从这个生产队，晃到那个生产队，如仙女衣袂飘飘。一群人也就跟着，从这个生产队，跟到那个生产队，追在后面看。我那时也追着，除了喜欢看挑花担的姑娘，也喜欢花担上的绢花，红红黄黄紫紫，艳得不行。我趁人不备，偷偷扯下一枝来，回家插酒瓶子里。过年的快乐里，这是独占一份的。

新年文艺演出，我爸是总策划、总导演，兼总乐师、总指挥。从节目的编排，到曲子的成谱，到歌词的敲定，到演奏，都是我爸一手包办。我爸人又生得像《望春风》里唱的，果然标致面肉白。放到今天，那是很文艺范儿的，很得一些女人赏识。有女人织了毛衣送我爸，我妈傻乎乎的，感激得不得了。我姐那时初谙人事，跟我妈说："我爸一定是跟这个女人好。"我妈也还不信，毛衣却再不曾见我爸穿过，下落不明了。

我爸在半工半读时，成绩优异，又吹拉弹唱，无所不能，一时成了风云人物，还当上学生会主席。

这样的风光，却不敌现实的残酷。我爷爷我奶奶无钱再供我爸上学，我爸勉强念完小学，本想去学医的，我爷爷我奶奶却不同意，迫切要他回家，扛上家庭的重担。我爸妥协了，这一妥协，他的人生路，从此彻底改变。

我爸后来的发展路径，印证了这样一个简单道理：有什么样的选择，就有什么样的人生。和我爸同学的那一帮青年，都成了各界精英，最差的也混了个小学教师，只我爸一辈子困于乡野。一个人再要强，有时，也犟不过命。所谓时运不济、生不逢时，我爸算一个。

和我爸探讨过这样一个问题，假如，我这么假如了一下，假如他当年真的学了医，进了某家大医院，"文革"时，像他这破落地主家庭出身的人，能侥幸逃脱吗？命能不能保下，都有另一说了。淹没于荒野，到底受冲击小了许多，扎根的土壤也要牢固许多。

我爸思索良久，点头称是。

冲着这一点，我爸倒应该感谢我爷爷的糊涂。祸兮福之所倚，福兮祸之所伏，老子他老人家真是伟大。

我姐十九岁那年，因小时的烫伤，脚要做植皮手术，是我陪我姐去的医院。

是南京的一家医院。医院里的外科主任，是我爸的小学同学。我爸写了一张纸条，让我们带去，很自信地说："他见了纸条，会接待你们的。"

我们没费什么劲，就打听到那个外科主任。他本来架子端端的，可一见到纸条，立即对我们热情得不得了，安排我姐住院，且由他亲自开刀。他询问了我爸许多近况，盯着我们看了又看，说我和我姐的眼睛跟我爸长得一模一样。"他那双眼睛很有特色。"外科主任说，又道："你爸绝对是个很有才华的人。"

我爸还有同学在做校长。我上小学时，小学里的校长是。我上中学时，中学里的校长也是。我爸去我学校，平日里严肃端正的校长，竟满面春风迎我爸到办公室坐，他们面前搁一杯茶，聊到高兴处，都发出爽朗的笑声。我得意，装作不经意地，从校长室门口走过，却还是忍不住告诉同学："看，那是我爸。"

我爷爷的糊涂愚昧，耽搁了我爸一生，我爸立志等他做了父亲，要做出一个崭新的来。有了我们兄妹四个，我爸倾尽全力培养。他把读书，当作我家头等大事，一遇读书，诸般事情都要让步，即便砸锅卖铁，也在所不惜。一字不识的我妈，对我们的读书，也持相当宽容的态度，地里活儿再忙，只要我们假模假样捧一本书在读，她是决计不会叫上我们的。

我们兄妹四个，都是书读到吃不进去了，我爸才认输。我姐初中没毕业，就回了家，是她自己不想念了的，相比较读书，她更喜欢田野的自由。我大弟是聪明的，只是太贪玩，他初中考高中，复读两年才考上。高中毕业，又复读两年。可惜他的心思只花在恋爱上，没用在读书上，他自觉无趣，不再读了，去学了电工。我小弟初中复读两年，是想考小中专的，后来还是念了高中。高中毕业，复读一年，小弟灰了心，不准备再读书了。村里人家请了和尚来做道场，我小弟去看热闹，瞧见那些小和尚，敲敲木鱼念念经的，活得蛮轻松，就想跟在后面做和尚去。我爸把他的书本及被褥捆扎好，驮到车架上，让我小弟坐上面，把我小弟直接给押送到学校去了。我小弟后来考上警官学校，成了吃公家饭的人。我爸是这么来形容他的高兴心情的，他说，虽是广种薄收，也总有收成的。

我的读书，算是兄妹四个中最好的，但我爸也没少操心过。小学时，我吵着要转学，为了这事，我爸跟小学校长差点打起来。初中时，因某地教学质量好，我爸想尽办法，把我塞进去。高中时，因与老师起了冲突，我闹着要转校。我爸听信了我的话，骑上他那辆破自行车，四处奔走，托人找关系，天黑了，他还在外头奔波。

我因严重偏科，英语成绩羞涩得可怜，一百分的总分，我考了三十多分。高考之后，也复读一年，这才考上一所大专院校。拿到录取通知书，我是失望的，我是想读新闻专业的，最后却不得不读了师范。在我爸，已是满足得不能再满足了，他广为传播，在家大摆宴席，亲朋好友，一一被请了来，甚至平时走动极少的远房本家，也一一被请来席上坐。

彼时，方圆几个村，我是唯一的女大学生。

有几个温馨的小记忆，我想记下来，关于我和我爸的。

我四岁，或是五岁。月亮的天，我爸，我妈，和我，一起走在月亮下面。我妈那么温柔，我爸那么温柔，他骑着一辆借来的自行车，车后驮着我妈，车前杠上坐着我。我们沿着月光的小路，一路向前。田野里的麦香，和蚕豆花香，浮游在夜风中。他们喁喁说着什么，笑声也轻。那时那刻，世上所有的好，仿佛都聚集到一辆自行车上了。我不知道怎么表达我的快乐才好，我就啦啦啦、啦啦啦地唱。我爸低头，用胡茬儿扎我的脸，说："我家小丫头还喜欢唱歌的。"

也是这个年纪，我躺在队里晒场牛屋的床上。半夜里，发现身边睡的不是我爷爷，而是我爸。我爸什么时候来的，我一点不知。我爸见我醒了，笑了，捉住我的小胳膊，轻咬一口，说："你怎么这么瘦啊小丫头。"

上小学，我从学校捡回红的白的粉笔头，伏在小凳子上，照着墙上相框里的照片画人像。那相框里有我大弟的照片，有我爸的照片，那是我爸带我大弟去上海看病，在城隍庙照的。照片带回来，好多人挤在我家里传看，那会儿，乡下人能见着照片的，极少。大家都说拍得好，跟真人一模一样。戴木匠的女人，还特意要走一张我大弟的照片。

我正专注地画着，耳朵画成红的，都画到脖子上去了。我爸不知什么时候，弯腰在我身后，他握住我的手，教我："耳朵应该这样画，衣裳应该这样画，衣裳上还有扣子的对不对？对了，这么画。"小矮凳上，一个笑微微的"爸爸"，出现在我跟前。后来好长一段日子，我迷上了画画。

是这年夏天吧，我爸去老街上有事，给我买了一双塑料凉鞋带回来，白色的。那天，刚好隔壁村放电影，我穿着这双凉鞋，牵着我爸的手，去看电影。我每走一步，都把脚抬得高高的，我是恨不得全世界的人都知道，我穿了一双新凉鞋。黑天里什么也看不见，那双凉鞋的白，却极其耀眼。

我八九岁时，出水痘，我爸在他处带民工挖河。那时，吾乡一到冬天农闲，就要组织民工，四处去疏浚河道。这里的民工去往那里，那里的民工调到这里来。我家里曾住过他村的民工，他们在我家堂屋里打地铺，我奶奶捧了厚厚的稻草给铺了，那样的"床"，散发出极浓郁的稻草香。晚上，民工们凑在一起打牌，我们兄妹几个在旁边观看，看到夜深，还意犹未尽。家里住着这么多的人，真让我们兴奋，我妈得一个一个把我们捉上床才行。灯熄，堂屋里的鼾声此起彼伏，我们的房门没关，听得清清楚楚，一个夜，竟安静幸福得不得了。

那时候，谁会防着谁呢？——谁也不用防着谁的。所有的微笑，都是发自内心。所有的相待，都是拿出本心。也还跟洪荒年代似的，在自然界最初的法则里，人与人，只有拧成一股绳，才能更好地生存。

我爸负责一支工程队，带了上百个民工，吃住都在工地，十天半月都难得回一趟家。我出水痘的消息，我爸听到，他连夜赶回，顶着一头的霜雪。我看到我爸，高兴得病也似乎好了，我对他说："爸爸不要走。"我爸弯腰在我床头，很温柔地答应："好的，爸爸不走。"

十几岁时，我爸陪我去商店扯布，做过年的衣裳。商店里也有来挑布的，是几个女人，她们看着我，说："这孩子长得多好看啊，像昨天晚上电视上看到的。"

我爸本来已挑好一块布，却突然改变主意，重新挑了一块较贵的料子，淡蓝的底子，碎粉的花。他跟我提到两个在我那时听来，很新颖的词，一个是素淡，一个是优雅。他说："女孩子要穿得素淡一点，才显得优雅。"

这两个词，从此被我收藏。

我爸一直试图改变命运。

吾乡招考农技员，我爸报名了，是年，他五十岁了。

一同报名的，还有我小娘娘——我爸最小的妹妹，我爸是把她当孩子来养的。

他们躲进村里一户人家的小阁楼上复习，如同过去小姐坐闺房，足不出户了，饭都是我妈送了去。一个月后，我爸考上了，我小娘娘却落了榜。我爸做了村里的农技员，有正式任命的证书。

我爸跨入到村干部的行列，这让他扬眉吐气。他走起官步来，双手背在身后，腰杆笔直，走在田埂上，视察农田，像古代帝王视察他的疆土。他还不时地在广播里讲讲话，对着全村的村民，什么时候棉花该播种了，什么时候水稻该泼浇了。他指挥着村民种庄稼，像指挥着千军万马上战场。我笑他虚荣，我爸很正式地说道，他的证书，是千真万确的，是有技术含量的。

我爸做到六十五岁上，才从这个岗位上退下来。家里还不时有村民上门来找，他们只认他这个老农技员的。

我爸奋发图强的时候，我爷爷通常已骑上他那辆二八自行车，去了老街。他一大早出门，到晚上才回来，什么也没买，他只是看街景去了。

郑板桥写，难得糊涂。郑先生写这四个大字时，是很纠结的吧，他一辈子也没真正糊涂过，仕途不顺，穷困潦倒，卖画为生，世态炎凉皆落他眼底。他向往糊涂，做人若做到糊涂的份儿上，是境界，是福分。我爷爷比郑先生幸运，他根本无须修炼，自然天成。他诸事不问，怎么着都是好的，倒保留了内心最初的澄明清静。又省了麻烦，别人是懒得跟一个糊涂人计较的。我妈那么火暴的脾气，与我爷爷却连口角也不曾有过一回。

我考上大学，在外地。我爷爷去看我，我把他安排进男生宿生，跟一个男生睡在一起，他居然能一待就是半个月。我上课，没空陪他，他就自己去街上转，回来，告诉我，那么多的车啊。那么多的人啊。那么多的高楼啊。

我结婚成家，最初是在一个小镇，离老家也就三四十里地。我爷爷三天两头骑了车去我那里，有时在我家住上一宿，有时不。四处转转看看，他就很高兴了。只有一回，他拉着我的手说："伢儿，我是走一回少一回啊。"那是他说的唯一的伤感的话。那会儿，他七十好几了。

十年后，我搬离那个小镇，一去上百里，我爷爷再没到过我家。每次我回老家，我都说要接他来城里玩，我爷爷很高兴地等着，然因这样那样的原因，最后都没能成行。

我爷爷到八十六岁了，也还能骑着自行车，去老街上看街景。后来骑不动了，他就拄着拐，挪去村部小商店那里。那里人多，他撑在那儿听人闲聊，一撑就是大半天。

我爷爷活到九十二岁，寿终正寝。面容如活着时一样，笑眯眯的，像个老顽童。

我爸总结："你爷爷玩乐了一世。"

一屋的亲朋都笑了，人声喧喧。活到我爷爷这般年纪老去，丧事是当作喜事来做的。

我很想在我爷爷的墓碑上刻上这样一行字：

这里躺着一个可爱的好玩的老头

但按吾乡风俗，刻碑这件事，怎么着也轮不上我这个小孙女的。我咽了咽唾液，终没把这个想法提出来。

我姐告诉我一件事，说我考大学那两年，爷爷天天早起焚香，祈祷我能高中。

这件事，爷爷一直没对我说过。

春日暖阳，老家屋后，红旗河边的柳，已堆积成烟，我爷爷下了葬，埋在老家的桑树地里。那些桑树，曾养过许多的蚕。

我去送葬。看着那方装了他骨灰的小盒子，慢慢地，一点一点，被土掩了。

起风了。亲人们站着望一会儿，也都散了。

唐代李咸用的《早秋游山寺》中，有这么几句："至理无言了，浮生一梦劳。清风朝复暮，四海自波涛。"人生有时真的不过浮梦一场，终归于寂寂与寥寥。

每次回老家，我都要翻箱倒柜一通，寻些旧物件。

从前穿过的小衣裳小鞋子，习过字的练习本，画过画的纸，翻到了，我都如获至宝。——我曾穿着这些小衣裳小鞋子，在村庄的矮墙边跳绳；或在宛如水蛇般的田埂道上，追着鸟雀奔跑；我曾趴在小屋的煤油灯下，一笔一画，学写自己的姓名；我曾照着土墙上贴的仕女图，画古代女子，步摇乱颤……生命的轨迹，清清楚楚地，都印在这些旧物件上的。唏嘘之余，只剩感恩，这些时光，我都曾一一走过。人生真正的拥有，是经历。

这一次，我翻到了水烟袋。

是的，一管水烟袋。白铜的，沉甸甸的。盛水斗的一面镂刻着梅花，一面镂刻着菊花。历经经年，上面的梅和菊，依然盛开盈盈。烟管上，竟也盘着些枝蔓和小花，很有雅趣。这是祖父的水烟袋。祖父是个风雅之人，一生不事农活，花鸟虫鱼倒是养了不少。

水烟袋被搁在了旧橱柜里，上面叠着一床旧棉被。我捧它在手，陈年的烟叶气味，扑鼻而来。那里面混杂着祖父的气味，父亲的气味，村人张木匠、王大个、李会计等人的气味。

一场突如其来的雨，让在我家附近地里劳作的村人，都跑进我家避雨。他们赤着脚，裤腿卷得高高的，一二三四五，或坐或蹲，很快把我家小屋挤满了。祖父或父亲，会装上水烟袋，招待他们。水烟袋从这个人手里，递到那个人手里。他们话语很少，只埋头咕噜咕噜吸食，半眯着眼。一圈递下来，那雨，竟是止了。他们拍拍手，站起身来，笑一笑，心满意足地走了。

或是夏夜纳凉，他们三三两两地来，坐在我家屋门口。水烟袋照例从这个人手里，递到那个人手里。暗影里，有一星点红，在他们的鼻翼处跳跃。烟草的味道，弥漫开来，咕噜咕噜的声音，绵长得很。他们劳累的筋骨，疲乏了的身子，又泛起活力来，他们开始谈笑起来，笑声很大。

我二姨奶奶也好吸水烟。二姨奶奶在离我家三十里外的另一个村庄。二姨爹早早故去，她膝下无子，一个人住两间草棚。这样的人，被叫作"缺后代"。听闻缺后代的人，脾气都古怪，性子要强，爱骂人。这个二姨奶奶，也被这样传说着，弄得我们小孩都怕她。虽她百般亲近我们，我们还是怕她。

她常来我家走亲戚。她来，祖母就捧了水烟袋递给她。她坐在我家桃树底下，咕噜咕噜吸。有时，花开满树。有时，有青果闪烁在青青的叶间。有时，是一树光秃秃的枝丫。那是冬天了，太阳光从树枝上筛下来，覆盖在她的身上，闪闪发光。她瘦小的身子，坐在一圈光里面，吸溜吸溜，脸色温润。旁边坐着我祖母，姊妹二人话些家常，说些她们的过去，那些我们小孩所不知道的人和事。

那样的时光，真是静和悠长。烟草叶的味道，在空中久久飘散着，闻上去，竟很香的，有野草的香气。叫人安心。

这个姨奶奶晚年光景有些凄凉，一个人悄没声息地在床上过去了。床旁边，搁着她的水烟袋，里面还装着未抽完的烟丝。

我跟父亲要了这管水烟袋。我把它带回城里，摆在我的书架上。它与我的书架，竟十分熨帖，很古朴悠远。

裙裾飘飘的夏

冬天。黄昏。太阳像一枚红枣似的，缀在天边。八岁的她，执着成绩报告单的一角往家飞跑。老师说，从明天起就不用上学了，放假了，要过年了。她小小的心，立即激动得想飞出来。她是喜欢过年的呀，不知掰着小指头在被窝里数过多少回了。她想立即把这个好消息告诉母亲，要过年了呢，母亲知不知道呢?

推开院门，一壶水正在炭炉上"咕咕"地泛着热泡泡。母亲坐在一旁的矮凳上，脸上没了平时的笑容，眼睛红红的，像刚哭过。她有些怯怯地走近母亲，给母亲看成绩单。母亲没抬头看她，她就一直把成绩单举着，有些固执地要母亲看，说，妈，老师说我考得好呢。

母亲突然出人意料一抬手，把她推搡了一下，怒道，滚，你们老的小的，没一个好东西！她的身子经意外一推，迅捷向后倒去，碰翻了炭炉上的水壶，一壶滚水，不偏不倚，全淋到她的一条腿上，无数根钢针立时刺进肉里面去了呀，她当即疼得大哭。

吓坏的母亲手忙脚乱给她剥衣服，但衣服粘着皮肉，怎么也剥不下来。最后衣服褪下来，她的一层皮也跟着褪下来了。

过年的气氛越来越浓了，她躺在上海中山医院的病床上，心里面充满绝望。一个八岁孩子的绝望，竟也是深不见底的。她整天不说话，任母亲低声下气跟她说什么，她也不理。父亲来过两回，母亲把病房门关上，不让他进。他们在走廊上吵，吵过之后，母亲回来，眼睛是红肿的。母亲自从她的腿被烫伤后，泪就一直没干过。她只是漠然地看着。

只在每次护士来换药时，她才会发出声音来，是号叫。她叫，阿姨，求求你，我不换药了。整个医院走廊上都充塞着她绝望的哭叫。八岁的孩子，忍受疼痛的毅力毕竟有限啊，每一次换药，都像把她丢进炼狱一次。她听到邻床的老太太站在她床边啧嘴，叹息，摇头说，唉，可怜的孩子，怎么烫成这样？像剥兔子似的。

事后，母亲把外祖母陪嫁的一对金耳环卖了，给她买骨头熬汤喝。她闭紧嘴巴不喝。她看见母亲伤心，心里竟有一丝说不出的痛快。

父亲再没出现过。

母亲一下子衰老了许多，头发里，已隐约有白发出现。

邻床的老太太偶尔会劝母亲两句，劝的话，她不大懂，说什么夫妻床头打架床尾和。母亲只摇头哭，说，他在外面有人了。

她不懂父亲在外面有什么人了，她懒得去理会。

病房外，长有几棵树，很高很高。冬了，树上的叶全落尽了，只剩光秃秃的枝丫，齐刷刷地刺向天空。天空是高而白的，充满忧伤和凄清。

那些绝望的日子，在她长大约的记忆里，是刀刻斧削般的。

她的那条腿虽然医好了，但因为多处重新植皮，从上到下，卧着蛇一样突兀的疤痕，紫红的。触目惊心着。

她再也不能穿裙了。

夏天到了，满天空下都流淌着女孩子们的快乐啊，漂亮的裙裾如彩蝶翻飞。她远远地看着，充满艳羡。那条可恨的腿包在长长的裤子里，包得密不透风。有女孩子好奇地问她，干吗不穿裙呀？她说，不喜欢。头也不回地跑，跑到没人处，大哭一场，然后回家，装着什么也没发生。

母亲给她做许多条漂亮的裤子，用蕾丝镶边。她穿上，把蕾丝铰了。母亲叹息，再给她缝上。

在夏季就要过去时，她长裤里的秘密却被同学发现了。那一日，在厕所里，她提裤子时没提住，裤子突然滑了下去。一个女孩子偶一抬头，就看到她的腿，吓得惊叫一声跳开去。从此，再长再漂亮的裤子也不能把她的秘密藏住了。她心里的耻辱，像蚕食桑叶般的，一点一点，蚀了仅存的那点自信。

有孩子给她取了个绰号——瘸子。每当听到他们叫，她会不顾一切冲过去打，最后的结果，被打的孩子的母亲会领着孩子找上她家门来，那孩子脸上多半会有一道一道很深的血痕。她的指甲给抓的。

母亲这时会变得很生气，在说尽好话安抚走了"告状"的人后，母亲手上拿着鸡毛掸子对着她，手举到半空中，却又颓然放下。哭。那一刻，母亲的伤心震撼了她，她有隐隐的悔意，但也只是一刹那。表面上依然强硬得像块石头。

她十四岁那年，母亲认识了一个男人。那个男人个儿高高的，体魄魁梧。跟小巧的母亲站一起，很般配。

男人在一个煤矿工作，每周星期六来。来时，会带很多礼物来，给她的，给母亲的。给她的，她从来不要。母亲却乐滋滋地帮她收下，她不喜欢母亲的那种乐滋滋，所以，她不喜欢那个男人。看到男人来，她就躲在自己的房间里不出来，在一张纸上乱画，画一些房子，还有许多可爱的动物。是她梦中的地方。在那里，应该没有人知道，她有一条残疾的腿吧？她想。

一次，男人又来。男人手上提两个衣服袋子，欣欣喜喜的。抖开，竟是两条漂亮的裙，一条给她的，一条给母亲的。

母亲一边说好看，一边尴尬地笑，忙着收起来。她什么也没说，跑进房间去，"啪"地关上门。

晚上男人走后，她出来，竟看到母亲在一面穿衣镜前，试裙。母亲脸上有深刻的忧伤。她这才想起，漂亮的母亲，夏天也从不穿裙的。母亲看到她，慌慌地笑，像做了错事似的。

她昂首对母亲说，我不喜欢他，我不想再看见他来。然后，扔下发呆的母亲，重又跑回房间去了。

半夜里，她起床。把沙发上的两条裙，用剪刀铰成一条一条的布条条。而后，才满意地睡了。

第二天，她看到母亲红肿的眼。

那个男人，从此后再没出现。

考大学填志愿时，她执意填了遥远的东北。她想着，离母亲越远越好。

她如愿以偿考上了东北的吉林大学。

那些天，母亲老在半夜里哭，哭声压抑。她听得心里湿湿的，但还是硬着心肠不去理会。

母亲取出所有积蓄，交了她。且帮她准备了许多条裤子，是母亲亲自裁剪的。母亲为了给她做最漂亮的裤子，特地去学了裁剪，特地买了缝纫机回来。

走时，母亲要送她去。她不肯，在大门口就作别了。

她站在母亲跟前，也不过是晃眼工夫，从前的小女孩儿，个子已超过母亲了。母亲伸手将她的额发，千叮万嘱，在学校不要省，要多吃。没钱写信回来，妈再寄。

她什么也没说。回转过身去，泪却从脸上滑下，原以为离了母亲会轻松会开心的，却不知，是加倍的疼痛。

她瞥见母亲的发里面，白的已远远多于黑的了。

母亲老了。

她毕业分配工作那年，打电话回家，告诉母亲，她不回来了，就留在外地工作。

母亲在电话里沉默一会儿，笑，说，只要你高兴，在哪儿工作都行。

她握听筒的手微微抖了一下，她想对母亲说保重啊，但最终什么也没说。

又到夏天了。

她对这个季节很敏感，条件反射似的。像患了关节炎的人，一遇雨天，骨头里就隐约地疼，像蚂蚁啃着似的。

她变得十分的抑郁。

一大早，传达室的老陈头来叫她，说有她的邮包。

她跑去。熟悉的字迹，是母亲的。

回了宿舍，她把邮包打开，满眼的花花绿绿啊，竟是漂亮的裙裤。母亲在一张字条里说，今年街上流行裙裤，我学做了几条，妈也不知你是胖了还是瘦了，只估摸着做的，你穿穿，看是不是合适。

她随便挑一条穿上，竟是那么妥帖，像量身定做似的。镜子里的她，裙裾飞舞，是妩媚的一朵莲啊。

她工作的第五个年头，遇到一个心仪的男孩子。她坐在北国的白桦树下，给他讲裙裾飞舞的夏的故事。末了，她问，你介意吗？如果介意，分手还来得及。

男孩子已听得泪眼盈盈的了，一把把她搂进怀里，说，你受苦了，从此后，我不会再让你受苦了。

她幸福地闭上眼。她突然想起十四岁那年，母亲喜欢的那个男人，想起母亲在穿衣镜前试裙的模样。心中的堤坝一下子被击破，泪落如雨。

是不是一个人只有学会爱，才学会宽容？她庆幸醒悟得还不算太晚，她还可以补偿母亲。她买了一箱漂亮的裙，和男友一起坐车回去看母亲，她要让母亲一天一条地穿，并且要告诉母亲，从此后，她和她，再不分离。

Chapter

2

青春底版上
开过白兰花

黄裙子，绿帕子

十五年前的学生搞同学聚会，邀请了当年的老师去，我也是被邀请的老师之一。

十五年，花开过十五季，又落过十五季。迎来送往的，我几乎忘掉了他们所有人，然在他们的记忆里，却有着我鲜活的一页。

他们说，老师，你那时好年轻呀，顶喜欢穿长裙。我们记得你有一条鹅黄的裙子，真正是靓极了。

他们说，老师，我们那时最盼上你的课，最喜欢看到你。你不像别的老师那么正统威严，你的黄裙子特别，你走路特别，你讲课特别，你爱笑，又可爱又漂亮。

他们说，老师，当年，你还教过我们唱歌呢，满眼的灰色之中，你是唯一的亮色，简直是光芒四射啊。

他们后来再形容我，用得最多的词居然都是，光芒四射。

我听得汗流浃背，是绝对意外的那种吃惊和慌恐。可他们一脸真诚，一个个拥到我身边，争相跟我说着当年事，完全不像开玩笑的。

回家，我迫不及待翻找出十五年前的照片。照片上，就一普通的女孩子，圆脸，短发，还稍稍有点胖。可是，她脸上的笑容，却似青荷上的露珠，又似星月朗照，那么的透明和纯净。

一个人有没有魅力，原不在于容貌，更多的，是缘于她内心所散发出的好意。倘若她内心装着善与真，那么，呈现在她脸上的色彩，必然叫人如沐暖阳如吹煦风，真实、亲切，活力迸发。这样的她，是迷人的。

我记忆里也有这样的一个人。小学六年级。学期中途，她突然来代我们的课，教数学。我们那时是顶头疼数学的。原先教我们数学的老师是个中年男人，面上整天不见一丝笑容。即便外边刮再大的风，他也是水波不现，严谨得像件老古董。

她来，却让我们都爱上了上数学课。她十八九岁，个子中等，皮肤黑里透红，长发在脑后用一条绿色的帕子，松松地挽了。像极田埂边的一朵小野花，天地阔大，她就那么很随意地开着。她走路是连蹦带跳着，像只欢快的鸟儿似的。第一次登上讲台，她脸红，半天说不出话来，只轻咬住嘴唇，望着我们笑。那样子，活脱脱像个邻家大姐姐，全无半点儿老师的威严感。我们一下子喜欢上她，新奇有，更多的，却是觉得亲近和亲切。

记不得她的课上得怎样了，只记得，每到要上数学课，我们早早就在桌上摆好数学书，头伸得老长，朝着窗外看，盼着她早点来。我们爱上她脸上的笑容，爱上她的一蹦一跳，爱上她脑后的绿帕子。她多像一个春天啊，在我们年少的心里，轻轻地种出一片绿来。她偶尔也惩罚不听话的孩子，却从不喝骂，只伸出食指和中指，在那孩子头上轻轻一弹，轻咬住嘴唇，看着那孩子笑道，你好调皮呀。那被她手指弹中的孩子，脸上就红上一红，也跟着不好意思地笑。于是，我们便都笑起来。我们作业若完成得好，她会奖励我们，做游戏，或是唱歌，——这些，又都是我们顶喜欢的。在她的课堂上，便常常掌声不断，欢笑声四起，真是好快乐的。

然学期未曾结束，却又换回原来严谨的男老师，她得走了。她走时，我们中好多孩子都哭了。她也伏在课桌上哭，哭得双眼通红。但到底，还是走了。我们都跟去大门口相送，恋恋不舍。我们看着她和她脑后的绿帕子，一点一点走远，直至完全消失不见。天地真静哪，我们感到了悲伤。那悲伤，好些天，都不曾散去。

　　他一直不是个好学生，惹是生非，自由散漫，不学无术。老师们看到他就摇头，同学们也不待见他。为了让他少惹事，老师们对他说："张星，这次考试，你可以不参加。""张星，星期天补课，你可以不来。"那么，好吧，他乐得逍遥，整日里游东逛西，打发光阴。偶尔坐在教室里，也是伏在课桌上睡觉。

　　新来的女老师，有双美丽的大眼睛。女老师特别喜欢花草，自己掏钱包，买来很多的花草装点教室。这个窗台上搁一盆九月菊，那个窗台上放一盆吊兰，教室被她装点得像个小花园。

　　那天，上课铃声响过后，他才拖拖沓沓进教室，却遇见女老师一双微笑的眼。女老师手上托一个小花盆，对他说："张星，这盆花放在你旁边的窗台上，交给你管理，可以吗？"

　　他有些意外，一时竟愣住了。定睛看去，花盆里只一坨泥，哪里有半点花的影子。女老师看出他的疑惑，笑吟吟说："泥里面埋着花的根呢，只要你好好待它，它会很快长出叶来，开出花来。"

他接下花盆，心慢慢湿润了。第一次有种被人信任的感觉。虽然表面上，他还是一副满不在乎的样子。

他极少再东游西荡，待在教室里的时间，越来越长。他不再伏在桌上睡觉，他给那盆花松土，浇水。他的眼光，常不由自主地望向那只小花盆，心里开始充满期待。

春寒料峭的日子，那盆土里，竟冒出了嫩黄的芽。芽最初只有指甲大小，像羞怯的小虫子，探头探脑地探出泥土来。他忍不住一声惊叫："啊，出芽了！"心里的欣喜，排山倒海。同学们簇拥过来，围在他的座位旁，和他一起观看花长芽。弱小的生命，在他们的守望中，渐渐蓬勃起来。三月的时候，葱绿的枝叶间，开出了桃红的花，一朵，再一朵。居然是一盆漂亮的风信子。

他激动地拉来女老师。女老师低头嗅花，突然微笑地问他："张星，你知道风信子的花语是什么吗？"他茫然地摇摇头。女老师说："风信子的花语是，只要点燃生命之火，便可同享丰盛人生。"他没有吱声，若有所思地打量着那盆花。桃红的花朵，像燃烧着的小灯笼，把他黯淡的人生，照得色彩明艳。

他开始摊开课本，认真学习。本不是个笨孩子，成绩很快上去了。老师们都有些惊讶，说："张星啊，没看出你这小子还有两下子呀。"他羞涩地笑。坚硬的心，像窗台上的那盆风信子，慢慢地盛开了。有些疼痛，有些欢喜。做人的感觉，原来是这么的好。

后来，他毕业了。由于基础太差，他没能考上大学。但他却找到了自己的人生支点，租了一块地，专门种花草。经年之后，他成了远近闻名的花匠，培育出许多品质优良的花卉，其中，有各种各样的风信子。

那个时候，她家里真穷，父亲因病离世，母亲下岗，一个家，风雨飘摇。

大冬天里，雪花飘得紧密。她很想要一件暖和的羽绒服，把自己裹在里面。可是看看母亲愁苦的脸，她把这个欲望，压进肚子里。她穿着已洗得单薄的旧棉衣去上学，一路上冻得瑟瑟。她想起安徒生的童话《卖火柴的小女孩》，她想，若是她也有一把可供燃烧的火柴，该多好啊。她实在，太冷了。

拐过校园那棵粗大的梧桐树，一树银花，映着一个琼楼玉宇的世界。她呆呆站着看，世界是美好的，寒冷却钻肌入骨。突然，年轻的语文老师迎面而来，看到她，微微一愣，问："这么冷的天，你怎么穿得这么少？瞧，你的嘴唇，都冻得发紫了。"

她慌张地答："不冷。"转身落荒而逃，逃离的身影，歪歪扭扭。她是个自尊的孩子，她实在怕人窥见她衣服背后的贫穷。

语文课，她拿出课本来，准备做笔记。语文老师突然宣布："这节课我们来个景物描写竞赛，就写外面的雪。有丰厚的奖品等着你们哦。"

教室里炸了锅，同学们兴奋得喳喳喳，奖品刺激着大家的神经，私下猜测，会是什么呢？

很快，同学们都写好了，每个人都穷尽自己的好词好语。她也写了，却写得索然，她写道："雪是美的，也是冷的。"她没想过得奖，她认为那是很遥远的事，因为她的成绩一直不引人注目。加上家境贫寒，她有多自尊，就有多自卑，她把自己封闭成孤立的世界。

改天，作文发下来，她意外地看到，语文老师在她的作文后面批了一句话："雪在掌心，会悄悄融化成暖暖的水的。"这话带着温度，让她为之一暖。令她更为惊讶的是，竞赛中，她竟得了一等奖。一等奖仅仅一个，后面有两个二等奖，三个三等奖。

奖品搬上讲台，一等奖的奖品是漂亮的帽子和围巾，还有一双厚厚的棉手套。二等奖的奖品是围巾，三等奖的奖品是手套。

在热烈的掌声中，她绯红着脸，从语文老师手里领取了她的奖品。她觉得心中某个角落的雪，静悄悄地融了，湿润润的，暖了心。那个冬天，她戴着那顶帽子，裹着那条大围巾，戴着那副棉手套，严寒再也没有侵袭过她。她安然地度过了一个冬天，一直到春暖花开。

后来，她读大学了，她毕业工作了。她有了足够的钱，可以宽裕地享受生活。朋友们邀她去旅游，她不去，却一次一次往福利院跑，带了礼物去。她不像别的人，到了那里，把礼物丢下就完事，而是把孩子们召集起来，温柔地对孩子们说："来，宝贝们，我们来做个游戏。"

她的游戏，花样百出，有时猜谜语，有时背唐诗，有时算算术，有时捉迷藏。在游戏中胜出的孩子，会得到她的奖品——衣服、鞋子、书本等，都是孩子们正需要的。她让他们感到，那不是施舍，而是他们应得的奖励。温暖便如掌心化雪，悄悄融入孩子们卑微的心灵。

壹

他躺在床上，盖一床旧的棉布花被，花被上盛开着大红的牡丹。年代久了，牡丹的大红色，已显黯淡。这让我有些恻然，他是那么一个讲究格调的人，盖这样的被子，怕是有违他的意愿。再一想，他亦是个旧式的人，遵守着旧式礼法，有谦谦君子之风。那些消失掉的古朴寻常，也许正是他所坚守的。遂稍稍心安。

房间向阳。天气晴暖，都听得见春天在窗外走动的声音了。我在来时的路上，看到一两枝小黄花，挣脱人家的铁栅栏，探出半张脸来。是早开的迎春花。野鹦鹉也出来唱歌了，还有画眉和黄鹂鸟。

春天真的来了，他却看不到这个春天了。

师母说，他已六天粒米未进。昨夜哼哼了一夜，哼得人心里揪揪的。他这里，都烂了肿了。师母抚抚腹部，轻声告诉我。

肺癌。医生曾说，他至多只能再活三个年头，他却硬撑了五个年头。精神气好的时候，他坐在阳台上，翻从前的学生录和毕业照。也翻一些学生的来信，看得都能倒背如流了。教室里，一届一届的学生，哪些人坐哪个位置，他都记得。

他常念叨你，常指着报纸上你的文章跟我说，那个女孩好啊，吃得了苦，从乡下步行几十里路，到街上来上学。

他说你不大爱说话，说你用功，别人在玩耍，你一个人跑去学校门口的河边，把书读。

他托人打听过你。还一直发着狠说，要去找你。

他把你发表在报纸上的文章，都给剪下来，收着了。

你看，八十多岁的师母说到这儿，拉开床边五斗橱的一个抽屉，让我看。满满一抽屉，都是我文章的剪报。

师母又拉开另外一些抽屉给我看，这个放着一届一届的学生录和毕业照，那个放着天南地北的学生写来的信。

他呀，把这些看得像他的命根子。师母看着躺在床上的他，泪在眼眶里打转。而他，早已陷入半昏迷状态。整个人看上去，像薄薄的一张纸，那么轻，那么小。

贰

他教我们的时候，六十好几了。本已退休在家，安享晚年的，但因学校缺语文老师，他就又回到学校。

他见人一脸笑，没有老师的威严，一点儿也没有。没有一个学生怕他，当面背后，都称他，老头子。有时至多在老头子前面，加上他的姓，陈。陈老头子，——我们这么叫。他也不恼，看见我们，依旧笑眯眯的，和蔼温和。

他家住老街上。一条青石板铺成的巷道，小蛇般的，蜿蜒在老街上。两边各一排黛瓦房，都是木板门、木格窗。他住在其中一幢黛瓦房里，小门小户的，外表看上去，跟其他人家别无二致，内里的摆设却大不相同。有一两回，下了晚自习，我伴着住在老街上的同学回家，走过他家门口，看到有灯光映着木格窗，像水粉洇在宣纸上。我们趴在木格窗上，朝里张望，看到满屋的字画。一排书架倚墙而摆，满满当当的，全是书。灯光昏黄，他在那昏黄的灯光下，泼墨挥毫。窗台边，一只肚大颈长的白瓷花瓶，里头插菊，静静开。

他的毛笔字写得好，那时我们并不觉得。也是到多年后，听人提起，表示敬仰，说，那个陈老先生啊，毛笔字可是当年老街上的一绝，笔力深厚浑圆，一般的书法家远远不及。

他对诗词歌赋也颇有研究，会写古诗。他有时写了，念给我们听，我们也不觉得好。也是到多年后，听人提起，人表示仰视，说，那个陈老先生啊，写得一手好的古体诗，才华非凡。

他还唱得一口京剧，铿铿锵锵，中气十足。学校搞元旦文艺会演，他上台唱，听得我们忘了他的年纪，只拿他当英俊少年郎。我们在台下，拍得巴掌红。

他的课上得不算好，话语碎碎的，往往一句话，要重三倒四讲好多遍。教案被他圈得密密麻麻，我们看起来都吃劲得很，何况他。所以，上课时，他都是把教案凑到鼻子底下去，与其说是"看"，莫若说是"闻"更贴切。他"闻"着一本一本的教案，讲读"予独爱莲之出淤泥而不染，濯清涟而不妖，中通外直，不蔓不枝，香远益清，亭亭净植，可远观而不可亵玩焉""三五之夜，明月半墙，桂影斑驳，风移影动，珊珊可爱"……

我们都喜欢上他的课，因为，不用端庄严肃，不用假装听话。我们想到什么问题，尽可以站起来问，也可以在课堂底下随便讨论。不高兴听讲了，还可以看看课外闲书。我有好多的课外书，都是在他的语文课上读完的。他不反对，甚至是支持的。要多读书啊，他拿我做榜样，鼓励全班学生读闲书。

老头子人好，这是我们的共同评价。没有人怀疑这一点。

叁

他姓陈，名光涛，是老街上出了名的谦谦君子。整天一件藏蓝色中山装，风衣扣子一直扣到脖子上。个子中等，清瘦着，待人接物，礼数周全。三岁小娃娃跟他说话，他也是认真庄严地听，认真庄严地回答，一双小眼睛，在玳瑁边框的镜片后，闪闪烁烁。我那时觉得，他那双眼睛特像星星。这比喻一点儿也不特别，但我心里，就是这么想着的。那时，每每夜晚抬头看到星星，很自然地，我会想到他的眼睛。

他走路腰杆笔直，却又时常要弯下腰来，路上掉的纸屑、烟头、石子、碎玻璃啥的，他都一一捡起来。他走过的一路，身后必是干净的。

他爱喝茶。办公桌上，一把紫砂壶里，终日泡着茶。他有滋有味地呷上一口，在我的作文后写评语：只要持之以恒，他日必有辉煌。

他不知道，他随手写下的这句话，是闪着金光的。它照耀了我这么多年，在我想妥协的时候，在我想懈怠的时候。

偶一次，我大起胆来，跑去他家问他借书。他笑眯眯迎我进去，满架的书，任我挑。等我抱着一怀抱的书，跟他告别，他竟送我出来，一直把我送到巷子口。

他不知道，他的这一举动，对我的影响多么大。乡下孩子，家境清寒，自卑是烙在骨头里的，我走路都是低着头的。他的尊重，让我有了做人的尊严华贵，我原来，也是可以昂着头走路的。

肆

我受过他的恩惠，一本新华字典。

那时，我是买不起那样的"大部头"的。

他送我一本，说是奖励我的作文写得好。

我以为是真的，心安理得地收下，自个儿觉得挺自豪的。

毕业多年后，当年的同学遇到，聊起他，我这才知道，当年他的"奖励"，只是一个幌子。他通过这样的"幌子"，奖励过不少家境困难的孩子。有同学的学费是他"奖励"的；有同学的饭钱是他"奖励"的；有同学的文具用品是他"奖励"的。

他送走过四五十届学生。到底有多少人受过他的恩惠？怕是数也数不清了。我们记着他的好，尹尽量使自己变得好起来。他播下的善良，恰似蒲公英的种子，被带到四面八方去，生长出更多的善良，温暖着更多的人。

他分散在世界各地的学生，正风尘仆仆地往他这边赶。师母红着眼睛说，谢谢你们，没有把我家老头子忘掉。这句话，勾出我的泪。我俯身叫他，陈老师，陈老师。师母也帮着叫，老头子，老头子，你知道谁来看你了吗？是你一直念叨的那个女孩呀，是丁立梅呀。

听到我的名字，他似乎有了反应，紧闭着的双眼，微微睁开一条缝，盯着我打量、打量，复又合上——他实在，没有力气了。

我多么后悔我的迟来。

我给他挑了上等的龙井带来，可是，他却再不能喝到了。

夏意儿念中学的时候，家离学校远，住宿。

每日黄昏，放学了，大多数同学都回家了，校园便变得空旷而宁静。她会抓一本书，去操场边。黄昏温柔，金粉一样的光线，落在一棵一棵的树上。是些荷花玉兰，五月开花，能一直开到九月，这朵息了，那朵开，碗口的花，白而稠。就那样开得烈烈的，又是悄悄的。她会倚了树，背书，心淹没在那些金粉里，美好，安静。

某一日，她的安静，突然被操场上一阵一阵的欢叫声给打断了。那是一些男老师，在操场上打篮球。在那些男老师中，她一眼看到他们年轻的语文老师，正迎着夕阳的方向跑。他看上去，像骑着一匹金色骏马的王子，英俊极了。她只听见自己的一颗心，"嘭"的一声，开了花。

自那以后，她开始留意他。他的声音好听，他走路的姿势好看，看他的一颦一笑，那么近，又那么远。她的心，开始了忧伤。学习却格外努力起来。最喜欢语文考试或作文，每次在全年级她都遥遥领先，让他的眼睛里，有了骄傲。他跟别班的语文老师说，我们班的夏意儿，语文好得没说的。她站在他边上，听着这话，微低了头笑，心快乐得要飞。他转身看她一眼，点点阳光洒过来，他说，继续保持啊夏意儿。她认真地点头，把这当作是她对他的承诺。

端午节，她特地跑回家，央母亲包多多的粽子。母亲问，要那么多吃得下吗？她说，带给同学吃呢。母亲包粽子时，她在一边相帮，挑又大又红的枣，一颗一颗洗净了，和在糯米里。母亲笑话她，这么小的丫头，就知道吃了。她不言语，只是笑。第二日，天微微亮，她就赶到学校。他的宿舍门紧闭着，想他还在睡吧。她把精心挑出的一袋粽子，轻轻放在他宿舍门口。

后来他在班上，笑问全班学生，哪个同学给我送粽子了？学生们愕然，继而都望向他笑着摇头。她也在其中，笑着摇头。他的目光，落向她又掠过她，他说，粽子我吃了，非常好吃，谢谢你们啦。

课后，同学们很是热烈地讨论了一回，到底谁给老师送粽子了？谁呢？她静静坐在一边，耳畔只是他的笑，他吃了她送的粽子呢。她因此，而幸福。

元旦的时候，却传出他结婚的消息，教室里一下子沸腾起来，每个同学看上去都兴兴奋奋的。女生们争着打听他的新娘漂不漂亮，男生们则商量着给他买礼物。她一个人，跑去操场边，莫名其妙大哭一场。

再见到他，是几天后。许是新婚，他的脸上，有遮不住的甜蜜。学生们叫，老师，要吃喜糖要吃喜糖哦。他笑着答应，好。下课，他站在教室门口叫，夏意儿，你来帮我拿一下糖。她坐在位子上没动，回答，我肚子痛呢。他关心地走到她跟前，笑着问，没关系吧？要不要去看医生？她慌乱地一摇头，说，没事的。他后来叫了另一个同学去，捧来一大堆花花绿绿的喜糖，她把发到手的喜糖，转手给了同桌，说，我从不喜欢吃糖。同桌信以为真，很高兴地接了去。

她的语文成绩，自此一落千丈。

他很着急，找她谈话。极温暖地看着她笑，他说，夏意儿，你知道吗，你是我教的学生里，最聪明灵秀的一个，我希望我能有幸送你走进重点大学，那里，有属于你的金色年华。她的心里，突然就落下千朵万朵阳光，玉兰花般开放。

一颗爱的心，就此，轻轻放下。后来夏意儿顺利考进重点大学，遇到了一个爱她的，亦是她爱的人。真的如他所说，她有了属于她的金色年华。

飞翔的翅膀

　　十六岁，她念初四。惧怕物理，老考不好。物理老师大怒，命她擎着自己的考试卷子，在班上游走。一圈一圈走下来，她的自尊被碾成碎末。从此惧怕上学，收拾书包走人。

　　她在我跟前说这段往事时，是笑着的。她的笑容，一直很灿烂。我却听得心疼。我想起三毛，同样的境遇，三毛的数学考试不及格，老师在三毛脸上用毛笔画了个圈，让她站在教室外的走廊上示众。结果，三毛从此患了自闭症。经年之后，提起往事，三毛还是心有余悸。

　　她不同，她的性格里，更多的却是果敢。她没有患上自闭症，她走上了一条自立的路。小小年纪，去饭店给人端盘子，这一端就是一年，积累了丰富的生意经。适逢家乡新建开发区，她在开发区租了房，自己开店。小店被她经营得红红火火，引起了当地电视台的注意，电视台特别报道了这个自强不息的小姑娘。她的人生，如果沿着这条路走下去，肯定会花开繁盛。

可是，她偏偏爱好文学。只念过初中，却拿起笔来写小说。难说当时她是一种什么心理，或许，是为了排解生活中的烦和恼。或许，是不想让自己的青春，消耗在凡俗里。她前后花费四年时间，写出了第一部长篇小说《多梦季节》。这一年，她二十岁。

她把写好的小说，给一家出版社寄去，心里也没抱太大希望。在她，只是完成了一次心灵的放飞。放飞出去了，她的心事，也就了了。

不久之后，出版社却打来电话，说她的稿子，过了终审，准备出版。当那边得知她仅仅是个初中毕业的小姑娘时，惊诧万分。惜才的编辑问她："你愿意一辈子就待在一个小地方吗？想不想走出你的家乡？"

她第一次慎重地考虑将来。将来，也许她会成为腰缠万贯的商人，嫁一个男人，安稳地过一生。可是，她的梦想不是这个，她决定为她的梦想孤注一掷。在出版社的推荐下，她只身一人，去了鲁迅文学院学习。这时，前途对她来说，是茫茫复茫茫。世界真大，她不过是万顷碧波上一枚漂浮的叶，漂向哪里靠岸，是个未知数。

在鲁院，她拼命汲取知识，读书，写作，没日没夜。在那里，她又写出一部长篇小说《雨后的阳光》，被出版社隆重推出。

这样安静无忧的日子，很快被打破，她毕业了。摆在她面前的，是很现实的生存。多少人成为北漂，转头是空。她一个初中毕业的女孩子，要想在北京城捡拾她的梦想，难。再加上这时的她，囊中羞涩，当初开店所赚的钱，除去上学所用，已所剩无几。去，还是留，已是无可回避的一道选择题。若回去，她可以再创生意的辉煌，锦衣玉食地过着。但最终，她选择了留下。

　　吃的苦，不必说。几番碰撞之后，她硬是凭着一股闯劲，进了媒体圈，做了一名记者。后来，她应聘到《现代教育报》，任编辑、记者，成了《现代教育报》很厉害的一支笔，出版了教育专著《精英之门》。这期间，她获奖无数。现在，她已在北京买下两套房，凭借她的一支笔。

　　她说："我的梦想还没完呢，我要带着我的笔，走遍万水千山。"她站在我跟前，张开她的双臂，仰天欢笑，目光放逐得很高很远。

　　我想，如果有一天，这个叫解淑萍又名解小邪的小女子，突然从南美洲给我发来信息，我一定不会诧异。因为在她身上，永远洋溢着一种活力——只要给梦想插上飞翔的翅膀，它总能到达它应到达的地方。这对飞翔的翅膀，一个叫坚持，一个叫努力。

歹徒冲进教室的时候，老师正在给一群七岁的孩子上课。孩子们张着柔嫩的小脸儿，像朵朵盛开的葵花。窗外阳光明媚，世界安宁。

但歹徒出人意料地冲进来了，就近抓住一个男孩，从身后抽出一把明晃晃的刀来，大吼道："不许乱动！"讲台前的老师稍一愣怔，随即明白了，他们被歹徒当作人质劫持了。

教室里有了小小的惊慌。老师的脸上，却现出微笑来，明亮如灯，照亮孩子们的心。她的眼光一一扫过孩子们可爱的脸，而后温柔地说："同学们不要怕，这是在拍《小鬼当家》呢。"

"是拍戏呀。"孩子们立即兴奋起来，原先的惊慌一扫而空。

老师转而语气平缓地跟歹徒讲条件，可不可以用她替换下他手上的那个孩子？歹徒想想，没同意。老师又提第二个条件，可不可以让其他的孩子出去？歹徒沉默良久，同意了。

于是老师让孩子们排好队，手拉手地出教室。整个过程中，没有任何的吵嚷，没有任何的混乱，孩子们很听话很安静地配合着，以为真的是在拍《小鬼当家》的戏。

争取到时间的老师报了警。警察迅速包围了学校，一切都在静静中进行着。

两小时后，歹徒被擒，被抓住当人质的孩子安然无恙。当那个孩子从人质那儿被解救出来时，他的神态是轻松的，甚至是快乐的。他一直以为是在拍戏，离开歹徒时，他还天真地安慰那个歹徒："叔叔，我不怕拍戏，你也不要怕。"

一场隐伏的悲剧，就这样被那个老师的镇静，消弭于无形之中。更可贵的是，她用她的镇静，最大限度地保护了可爱的童心，她让他们，继续无忧地如花盛开。窗外，春光依旧明媚，世界依旧安宁。

我且叫他小武吧。

他其实不姓武。不过，他好象挺喜欢"武"这个字的。在他的桌子上刻着。在他的衣服上印着。在他的手腕上文着。

是的，他刺了青。

我的同事们提到他，都说，那个刺了青的家伙。

不要怪我的同事们气量小，用这种语气说一个学生。而的的确确是，他"伤"他们太深。大凡跟他打过交道的，无一不败下阵来。以至在高二分班时，同事们都事先跟学校提出申请，"刺了青的家伙"在的班，坚决不教！

说起来，他也没做过多大的坏事儿，但，就是他那一副桀骜不驯的样子，很让我的同事们抓狂。女同事罗做过他的班主任，罗一提到他，就浑身打战。这孩子，太不上道道了！罗说。

他不止一次在课堂上惹得罗下不了台。罗找他谈话，他要么呈45度角仰望天空，管你说什么，他就是一言不发。要么，他会突然冒出一句半句，气得你半死。罗不过才四十来岁，就被他一口一个老太太地叫着。老太太，您别动怒，动怒会伤肝的，您知道吗？或者是，老太太，您本来就不好看，这一动怒，脸上的皱纹就更多更深了。

男同事秦提起他，也是一头怒火。在秦的课上，他只有两件事做，要么睡觉，要么捣蛋。秦实在看不下去了，当众批评了他两句。他不紧不慢对秦说，老师，您也是响当当的本科毕业生吧？您瞧您现在，一个月才拿个两三千块，不够人家一顿饭钱。您还好意思叫我们考什么大学，是想让我们都沦为您这样的？

秦那天回到办公室，气得把教科书摔在办公桌上，叫嚷着，不干了不干了，这讨饭的活再也不干了！可是，等上课铃声一响，秦还是赶紧夹起教科书，上课去了。

小武的家庭背景，也让同事们头疼。他念小学时，他妈死了，死于自杀。他爸是生意人，常年不在家，他是跟着奶奶长大的。学校开家长会，他爸从来没有出席过。

同事们把小武当球似的，踢来踢去，最后，我的班，收下了小武。

小武不知从哪里得了消息，他在楼梯拐角处，与我"偶遇"。他睥睨着我，问，听说我们将合作？

我淡定地看看他，说，是啊，还请大侠多多关照啊。

他对我的回答，显然有些意外，咧嘴一乐。

我的眼光溜到他手腕上的那个"武"字，我说，这个字，还可以文得更好看些，应该文成草书的。我一本正经。

他狠狠愣在那里，完全不知我是啥意思。

最初的两堂课，小武还算安静，他除了偶尔故意趴在桌上睡睡觉外，没做出什么大动作。我也不去理他。他看我对他睡觉没什么反应，到底耐不住了，开始在课桌上敲出声响。不时来上一两下，当当，当当当。他敲的时候，我就停下来等他，全班学生也都转头看他。他挑衅道，看什么看！老子脸上有字啊？

全班学生就都看向我。我笑笑，好了，小武同学腕上有字，脸上是没字的，我们继续上课吧，老师刚才讲到什么地方来着？

学生们一齐大声回答，声音把他给淹没了。

小武在作业本子里写，你是我见过的最厉害的老师，佩服！

我回他，谢谢夸奖。你也不赖。

我知道，他会来找我的。

他果真来找我。我削了一只苹果给他，我说，这是山东大沙河产的苹果，特甜的。

你听说过大沙河吗？那儿曾经无风三尺沙的。不过，就是那沙质土壤，特别易于果树生长哎，结出的苹果又甜又多汁。

什么土壤会长出什么东西来的。这就好比我们人吧，各人都有各人的长处的。我装着漫不经心地说。

小武捧着苹果，傻傻地看着我，半天才说，老师，你真有意思。

隔日，晚归。等我走出办公楼，才看到，下雨了。我没带伞。小武不知从哪里冒出来了，他手里擎着把雨伞，他说，老师，我送送你。

我说，好啊。

他举着伞，站我身边，个头比我高很多。我抬头看看他，我说，哎，你都比老师高出这么多哎，我都要仰视你了。

他"扑哧"笑了。

一路上，他老老实实告诉我，老师，我就是不喜欢学习，听不进去。反正我爸说过，以后跟他去做生意。

我点头，表示理解。我说不喜欢学习就不学吧。但，坐在教室里，别人是一天，你也是一天，总得做点有意思的事，才对得起自己的一天是不？喜欢听的课，你就听一点，不喜欢听的课，你可以看点有意思的书。多读点书，你会成为一个不一样的生意人的，因为，你有一肚子的书撑着啊。那叫儒商哎。

小武再次"扑哧"笑了。

后来的小武，让同事们惊讶。他找从前的老师，一一打招呼，说以前都是他不懂事，多有得罪。这孩子，怎么跟换了一个人似的？同事们问我。

我也看到小武的变化了。他把刺了青的手腕处，用布条缠上。他虽然没跟我保证过什么，但我知道，那刺青，让他真的长大了。

再见时 我与青春

　　十六七岁的年纪，是迫不及待要远走高飞的。像一朵花苞苞，就要开了，就要开了，却总也不见开。光阴是缓慢的，缓慢得像教学楼后矮冬青树下，一只慢爬的蜗牛。早上走过时，看它在爬。中午去看，它还在爬，总也爬不到对枝上去。

　　心是忧伤的。对着一枚叶，看着看着，也会落下泪来。清晨醒来，宿舍还是那个宿舍，教室还是那个教室，操场还是那个操场。教学楼前，一排法国梧桐树，撑着肥圆的叶，不知疲倦地绿着。校园的围墙上，爬满小朵的红，和黄，是些野喇叭花，无比寂静地开着。围墙外，传来敲铁皮的声音。那是不远处的一家小店铺，专卖各种铁桶。赤膊的中年男人成日举着铁锤，敲啊敲，声音单调又寂寥。

　　我时常望着教室的窗外，发呆，天上飘着淡的蓝，或淡的白。

风吹得若有似无。我希望着人生这惨淡的一页，能速速翻过去。是的，惨淡。那个时候，我进城念高中，穿着母亲纳的布鞋，背着母亲用格子头巾缝的书包，皮肤黝黑，沉默寡言，跟野地里的芨芨草似的，又卑微又渺小。城里的孩子多么不同，他们住黛瓦粉墙的四合院。他们穿时髦鲜艳的衣，从青石板铺就的小巷子里，呼啸而出。他们漂亮白净、神采飞扬，不识四时农作物，叫我们乡下来的孩子：泥腿子。

我的神经时时绷着、敏感着，怕被伤了，偏偏时时被伤着。他们一个不屑的眼神、一句轻视的话语，都足以让我手脚冰凉。我变得越发的沉默，低着头走路，低着头做事，恨不得能把头埋到泥地里去。

也总是要上他的课。彼时，他四五十岁，挺拔壮实。肤黑，黑得跟漆刷过似的。据说曾去西藏支教过几年。记得他初来上课时，刚一张口，全班都愣住了，他的声音与他的外表，实在不相称，他的声音尖，且细，跟女人似的。几秒钟后，全班哄堂大笑。城里的孩子尤其笑得厉害，他们兴奋地拍着桌子，哗啦啦，哗啦啦。他在前面怒，眼睛逡巡一遍教室，揪出后排一个张嘴在笑的男生，厉声道，你们这些乡下来的，太没教养了！

虽然他不是针对我，但这句话，却刺一样的，扎进我的心里面，再难拔去。再上他的课，我从不抬头听讲，兀自做自己的事。他上了一些课后，也终于发现我的"另类"，在课堂上当众点名批评，说出的话，如同蹦出的石子儿似的，硌得人生疼。我越发的不喜欢他了。

他后来不再过问我，甚至连作业都不批改我的。一次，他在班上闲话考大学的事，大家踊跃说着理想中的职业。有城里同学看我一眼，大笑着说，她将来适合去做厨师。一帮同学附和着笑。我看到他的眼光不经意地掠过我，又越过去，什么话也没说，任课堂上笑声泛滥。

是从那一刻起，我在心里发着誓，我一定要考上，给看不起我的人狠狠一击，特别是他。凌晨三四点，我一个人就悄悄起了床，到教室里点灯读书。如此的日复一日，结果，高考时我考了高分，他任教的一门，我考了年级第一名。

多年后，高中同学聚会，请来当年的老师，其中有他。他早已不复当年的挺拔，身子佝偻，双鬓染霜，苍老得厉害。这让我意外，想来他也不过六十来岁，何以会如此衰老？他在一帮同学的簇拥下，站到我跟前。同学让他猜，老师，她是哪个？他看定我，笑着摇摇头。同学提醒他，老师，她是当年我们班作文写得最好的那个，叫丁立梅啊。他看着我，还是抱歉地摇摇头，眼神天真。

有同学悄悄对我耳语，老师失忆了。我一惊，突然想落泪。多年来，我极少回顾青春，以为那是我人生里的一道暗疮。可现在，我却多么愿意走回去，他还在讲台上挺拔着，我还在讲台下稚嫩着。教学楼前的梧桐树上，还有雀儿在跳得欢。

青春原是一场花开，欢乐或疼痛，都是岁月的赠予。因为经历了，我们才得以成熟，所以，感谢。我上前挽起他，我说，老师，我们合个影吧。相机上，我的笑容，映着他的笑容，当年的天空，铺排在身后。

桃花流水
窅然去

我相信，总有些青春，是这样走过来的……

——题记

　　小桥。流水。凉亭。茂密的垂柳，沿河岸长着。树干粗壮．上面布满褐色的皱纹，一看就是上了年纪的。桥这边一排平房，青砖黛瓦木头窗。桥那边一排平房、同样的青砖黛瓦木头窗。门一律被漆成枣红色。房前都有长长的走廊，圆拱门连着，敞开的隧道似的。还有长着法国梧桐的大院落，梧桐棵棵都壮硕得很，绿顶如盖。老人们说，当年这地方，是一个姓戴的地主家的大宅院。土改后，收归公家所有，几经周转，最后，改成了学校。周围六七个庄子的孩子，升上初中了，都集中到这儿来读书。门牌简单朴实，黑漆字写在白板子上——戴庄中学。

我念初中的时候，每日里走上六七里地，到这个中学来读书。都是十三四岁的孩子，今儿见着，还瘦小着呢，明儿再见，那个子已蹿长得跟棵小白杨似的。我也在不断地长着个头。母亲翻出旧年的衣衫给我穿，袖子嫌短了，衣摆不够长了。母亲在衣袖上接上一块，在下摆处，也接上一块。用灰的布条，或蓝的布条。我穿着这样的衣裳，走在一群齐整的同学中间，内心自卑得如同倒伏在地的小草。

有女生，父亲是教师，家境优越。做教师的父亲帮她买漂亮的裙子，还有围巾。春天了，小河两岸的垂柳，绿得人心里发痒。我们的心，也跟着长出绿苞苞来，欣喜有，疼痛有，都是莫名的。课间休息，那个女生，从小桥那头走过来，脖上系一条玫瑰红的围巾，风吹拂着她的围巾，飘成空中美丽的虹。她的头顶上方，垂下无数根绿丝缕。红的色彩，绿的色彩，把她衬托得像画中人。我确信，那会儿，全校同学的眼光，都落在她的身上。我渴盼也有条那样的红围巾，玫瑰红，花瓣儿般的柔软。然而以我家当时的经济条件，那是遥不可及的梦想。我变得忧伤。

我的身体亦开始出现了一些变化，开始长胖，开始来潮。第一次见到凳子上的殷红，我大惊失色。同桌女生悄声要我不要动，让我等全班同学走光了再走。她后来告诉我，女生长大了，每个月都要见血的。她帮我洗净了凳子，我羞愧得哭泣不已，觉得自己丑。

我变得不爱说话。即使被老师喊出来回答问题，声音也小得跟蚊子似的。班上男生女生打闹成一片，唯独我是孤独的。男生们帮女生取绰号，他们嘻嘻哈哈地叫，女生们嘻嘻哈哈地应。但他们愣是没帮我取绰号，让我时刻提着一颗心，担心他们在背地里取笑我。一天，同桌突然告诉我，你也有绰号的呀，你的绰号叫小胖。我的心，在那一刻黑沉沉地往下掉，掉到看不见的地方去了。

地理课上，教地理的老人家，在讲台前讲得眉飞色舞。底下的学生，却兀自说着话。老人家管不了，生气得摔了书本。我前排的男生学着他摔书本，不小心带动桌上的墨水瓶，墨水瓶飞起来，不偏不倚，洒了我一身。如果换了一个人，或许我不会那么难过，可偏偏洒我墨水的男生，是我一直暗暗喜欢的。他长得帅气，成绩好，歌唱得也好，还会吹笛子。虽然他一再道歉，在我，却是莫大的伤害，我坚定地认为，他是故意的。从此看见他，跟仇人似的。心却痛得无处安放。

上美术课了，同学们一阵雀跃。老师在黑板上画了一株桃花，让我们仿画。一缕春风从敞开的窗户吹进来，吹动我们的书本。有燕子在窗外呢喃。我的心，在那一刻想逃走，逃得远远的。我想起跟父亲去老街时，看见老街附近，有一片桃园。那时，桃正蜜甜在树上。若是千朵万朵桃花一齐怒放，会是什么样子——我想知道。

我突然就坐不住了，春风里仿佛伸出无数双手，把我使劲往校园外拽。我不要再见到男生的怪模样，女生的怪模样。不要再见到玫瑰红的围巾，别人有，而我没有。不要再见到前排的那个男生，他总是嬉皮笑脸着，露出一口洁白的牙。不要再见到秃顶的英语老师，眼光从镜片后射出来，严厉地盯着我问："'今天天气如何'怎么翻译？"

我要去看那些桃花——这想法让我兴奋。我努力按捺住跳动的心，把下午两节课挨下来。两节课后，是活动课，大多数同学都到操场上玩去了，我溜出校门。满眼是碧绿的麦子，金黄的菜花。人家的房，淹没在排山倒海的绿里黄里。风吹得人想飞。我一路狂奔，向着那片桃花地。

半路上，遇到一只小狗，有着麦秸黄的毛，有着琥珀似的眼睛。它蹲在路边看我，我也看它，我们的信任，几乎是在一瞬间达成。我行，它也行，起初它离我有几尺远的距离，后来，干脆绕到我的脚边。我临时给它起了个名副其实的名字——小狗。我叫："小狗。"它就朝我摇摇尾巴，好像很满意我这叫法。我们一路相伴着走，一人，一狗，阳光照着，很暖和。

当大片的桃花，映入我的眼帘时，天已暮。一树一树的桃花，铺成一树一树粉粉的红，仿佛流淌的河，静静地，朝着夜幕深处流去。看得我，想哭。有归家的农人，从桃园边过，他们不看桃花，他们看着我，奇怪地问："孩子，你找谁？"

我摇着头，走开。我在心里说，我不找谁，我只找桃花。

那一晚，我一直在桃园边游荡，陪着我的，是那条半路相遇的小狗。走累了，我们钻进桃园，倚着一棵桃树睡了，并不觉得害怕。

第二天清早，我原路返回，小狗一直跟着我。在校门口，我蹲下身子，抱住它的头，不得不跟它说再见。我后来进校园，回头，看到它蹲在校门口看我，眼睛里充满不舍，还有忧伤。

学校里早就闹翻了天，因为我的离校出走。母亲一夜未睡，在外面无头无绪地找了大半宿，一屁股跌坐到教室外的台阶上，哭。当看到我出现时，母亲又惊又怒。所有人都来追问我，到底去哪里了，为什么要离校出走？他们问，我就哭，直哭得上气不接下气，哭得他们反过来劝我不要哭了。其实我那时，根本不知道自己在哭什么，觉得像做了一场梦。但哭过后，我的心宁静了，我安静地坐在教室里，读书，做作业。倒是我的同桌，想探听秘密似的，问我去了哪里。我不说。她眼光幽幽地看着窗外，向往地说："你去的地方，一定很好玩吧。"

成年后，跟母亲笑谈我年少时的种种，我问母亲："记不记得那一次我逃课？"

母亲问："哪一次？"

我说："去看桃花的那一次。"母亲"啊"一声，笑："你一直很乖的，哪里逃过课？"

Chapter

3

黑白世界里的

纯情时光

青春
不留白

上高中的时候，我在离家很远的镇上读书，借宿在镇上的远房亲戚家里。虽说是亲戚，但隔了枝隔了叶的，平时又不大走动，关系其实很疏远。是父亲送我去的，父亲背着玉米面、蚕豆等土产品，还带了两只下蛋的老母鸡。父亲脸上挂着谦卑的笑容，让我叫一对中年夫妇"伯伯"与"伯母"。伯伯倒是挺和气的，说自家孩子就应该住家里，让父亲只管放心回去。只是伯母，仿佛有些不高兴，一直闷在房里，不知在忙什么。我父亲回去，她也仅仅隔着门，送出一句话来："走啦？"再没其他表示。

我就这样在亲戚家住下来。中午饭在学校吃，早晚饭搭在亲戚家。父亲每个月都会背着沉沉的米袋子，给亲戚家送米来。走时总要关照我，在人家家里住着，要眼勤手快。我记着父亲的话，努力做一个眼勤手快的孩子，抢着帮他们扫地洗菜，甚至洗衣。但伯母，总是用防范的眼神瞅着我，不时地说几句，菜要多洗几遍知道吗？碗要小心放。别碰坏洗衣机，贵着呢。农村孩子，本来就自卑，她这样一来，我更加自卑，于是平常在他们家，我都敛声静气着。

亲戚家的屋旁，有条小河，河边很亲切地长着一些洋槐树。这是我们乡下最常见的树，看到它们，我会闻到家的味道。我喜欢去那里，倚着树看书，感觉自己是只快活的小鸟。洋槐树在五月里开花，花白，蕊黄，散发出甜蜜的气息。每个清晨和傍晚，我几乎都待在那里。

不记得是哪一天看到那个少年的了。五月的洋槐花开得正密，他穿一件红色毛线外套，推开一扇小木门，走了出来。他的手里端着药罐，土黄色，很沉的样子。他把药渣倒到小河边，空气中立即弥漫着浓浓的中草药味。少年有双细长的眼，眉宇间，含着淡淡的忧伤。他的肤色极白，像头顶上开着的槐树花。我抬眼看他时，他也正看着我，隔着十来米远的距离。天空安静。

这以后，便常常见面。小木门"吱呀"一声，他端着沉的药罐出来，红色毛衣，跳动在微凉的晨曦里。我知道，挨河边住着的，就是他家。白墙黛瓦，小门小院。亦知道，他家小院里，长着茂密的一丛蔷薇，我看到一朵一朵细嫩粉红的花，藏不住快乐似的，从院内探出头来，趴在院墙的墙头上笑。

一天，极意外地，他突然对着我，笑着"嗨"了声。我亦回他一个"嗨"。我们隔着不远的距离，相互看着笑，并没有聊什么，但我心里，却很高兴很明媚。

蔷薇花开得最好的时候，少年送我一枝蔷薇，上面缀满细密的花朵，粉红柔嫩，像年少的心。我找了一个玻璃瓶，把它插进水里面养，一屋子，都缠着香。伯母看看我，看看花，眼神怪怪的。到晚上，她终于旁敲侧击说："现在水费也涨了。"又接着来一句："女孩子，心不要太野了。"像心上突然被人生生剜了一刀似的，那个夜里，我失眠了。

第二天，我苦求一个住宿舍的同学，情愿跟她挤一块睡，也不愿再寄居在亲戚家里。我几乎是以逃离的姿势离开亲戚家的，甚至没来得及与那条小河作别。那一树一树的洋槐花，在我不知晓的时节，落了。青春年少的记忆，成了苦涩。

转眼十来年过去了，我也早已大学毕业，在城里安了家。一日，我在商场购物，发觉总有目光在追着我，等我去找，又没有了。我疑惑不已，正准备走开，一个男人，突然微微笑着站到我跟前，问我："你是小艾吗？"

他跟我说起那条小河，那些洋槐树。隔着十来年的光阴，我认出了他，他的皮肤不再白皙，但那双细长的眼睛依旧细长。

——我母亲那时病着，天天吃药，不久就走了。

——我去找过你，没找到。

——蔷薇花开的时候，我会给你留一枝最好的，以为哪一天，你会突然回来。

——后来那个地方，拆迁了。那条小河，也被填掉了。

他的话说到这里，止住。一时间，我们都没有了话，只是相互看着笑，像多年前那些微凉的清晨。

原来，所有的青春，都不会是一场留白，不管如何自卑，它也会如五月的槐花，开满枝头，在不知不觉中，绽出清新甜蜜的

气息来。

　　我们没有问彼此现在的生活，那无关紧要。岁月原是一场一场的感恩，感谢生命里的相遇。我们分别时，亦没有给对方留地址，甚至连电话也不留。我想，有缘的，总会再相见。无缘的，纵使相逢也不识。

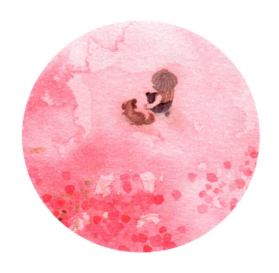

相守

　　我曾在一个小区租房住，小区是老式小区，原是一单位的集资房，住的大多是些离退休老人。

　　其中有这么一对老人，他们住在一幢楼的底层，有小小的院落，院落里，长了一些花花草草。

　　老先生个子很高，很壮实，人挺威严的，从前是个军人。老妇人看上去，小巧多了，慈眉善目的，从前是一所幼儿园的老师。他们一生无儿无女，年轻时，也曾抱养过一个小女孩，疼爱到十岁，女孩的亲生父母却反悔了，要回了女儿。

　　两人看上去，谈不上有多恩爱，是普通过日子的那种。待在一起，半天也说不上一句话。但生活却极有规律，早晨，老妇人给家里的花花草草们浇水，老先生清扫院落，而后一起出门去买菜。两个人一前一后地走，老先生在前，老妇人在后，中间铺着阳光的河流。老先生的步子迈得大，老妇人的步子碎一些，老先生常在几米外的地方停下来，朝后埋怨："你快点啊，这么磨蹭！"老妇人笑笑，紧走几步。

午后，他们一起外出，在小区门口分手。小区门口，植物繁多，花坛里种满太阳花和小雏菊。还有一种叫羽叶蔓萝的，藤纤细，叶纤细，花也开得纤细，艳艳的一点红，不息地开着。老妇人好像特别喜欢这种花，每次经过，都要弯下腰去，对着那些小花们笑一笑。老先生看一眼，牵牵嘴角，很不屑的样子，仿佛在说："那有什么看头！"他头也不回地走，去找他的一帮老头子们下棋。老妇人则往另一个方向去，找她的一帮老姐妹们聊天。

黄昏时分，老先生回到小区门口，老妇人也回到小区门口，前后相差不了几分钟，有时甚至是同时到达。他们一起散会儿步，回家。

一天，老妇人突然得了病，一病不起。不几日，撒手走了。

大家都以为老先生肯定受不了，不定会闹出什么意外来。好心的邻居们，轮流去他家陪他。他却平静得很，生活如常。早晨，他清扫完院落，给花花草草们浇完水，就去菜市场买菜。午后出门，他在小区门口停下，眼光掠过花坛里的小花们，羽叶蔓萝还在开着，艳艳的一点红。他的眉头跳一跳，牵牵嘴角，转身去找他的那帮老头子们下棋。黄昏时分，他回到小区门口，独自散一会儿步，回家。

大家私下议论，说这老先生真够坚强的。也有人说他感情淡漠，老妇人走了，他却连伤心的表情都没有。后来有人看出端倪来，说完全不是这样的。因为老先生走路时，走不多远，就要停一停，往后瞧，嘴里说着什么。与人下棋，下得再酣，到了黄昏时分，他铁定是要走的，他要赶回小区去。赶回去能有什么事呢？不过是在小区门口，独自散会儿步。

再看到老先生，大家的眼睛都有些湿润，不觉得他是一个人在走路，而是两个人，老妇人还慈眉善目地跟在他身后，从不曾离开过。他用这种方式，让她活着。

单相思

"关关雎鸠，在河之洲。窈窕淑女，君子好逑"，这是我从小就会背的诗句，那时背得摇头晃脑，因它的朗朗上口。幼小的心，不懂，却觉得美。有大人开玩笑，这丫头聪明，都会背《诗经》了，做我家的媳妇儿好不好？仰头脆脆地应，好。哪里知道，自己所背诵的诗里面，是一段刻骨的相思呢。

那应是一处天好地好人好的地方，雨水充足，物草丰美。天高云淡，雎鸠一唱一和地在河两岸叫着，叫得人的心，像吸足了水分的青草啊，轻轻一掐，就是满把的柔情。年轻男子，相遇到美丽的姑娘了。姑娘在干吗呢？姑娘正在河中央的陆地上采荇菜呢。隔着半条水域望过去，可以望见姑娘可爱的手臂，不停地左右舞动着，美丽的腰肢，也跟着扭动。年轻男子再也放不下这个姑娘了，"寤寐求之"，"寤寐思服"，白天夜里都在想着她啊。他辗转反侧地叹：优哉游哉。

我每每读到这里，都要笑出泪来。我想象着那样的夜晚：天黑得很深很深，星星在天上眨眼睛，四周俱寂。远远的，雎鸠的鸣叫传过来，搅得男子的心，更是如擂小鼓。他睡不着，他辗转反侧地长吁短叹，优哉游哉。意思是，想啊想啊想啊……长夜难度。他一定想得形削骨瘦的。那个被他相思的少女，多么幸福！

他后来，有没有娶到她？那好像不重要了，重要的是，《关雎》中，他留给我们的相思形象，足足打动了人类几千年。

《泽陂》中的小青年就更有意思了。应该是初夏的天，新蒲长出嫩叶来，池塘里的荷也婷婷。小青年在池塘边偶然碰见一位姑娘，姑娘长得真是高大健美啊，"有美一人，硕大且卷"，小青年只一眼，就再难相忘。于是相思了，而且不是一般的相思，"寤寐无为，涕泗滂沱"。你看你看，他无论醒着还是睡着，眼前都是姑娘的影子啊，他不知怎么办才好，伤心得一把鼻涕一把眼泪的。

现代人却难以怀上这样的单相思了，爱上谁，电话邮件短消息，轮番轰炸。恋情来得迅速，去得也迅速。今日结束，明日又重新披挂上阵。那只叫相思的鸟儿，已找不到栖落的枝了。让人惆怅，让人倍感怀念。《诗经》中的那些傻男人，他们纯洁如白月光的单相思，成了温润心灵的一块琥珀。

热恋

　　"青青子衿，悠悠我心"，这是《子衿》中守在城门楼下的女子，对爱的表白。意思是，你青色的衣领子，都绵绵地牵系着我的心啊。原来，爱上一个人，连他穿的衣，连他佩的饰物，都要爱的。她约了相爱的男子，到城门楼下相会。是约在月上柳梢头吗？天还未黑呢，她可能就梳洗打扮好了，早早来到约会的地方。男子哪里知道她这么早就来了呢，自然没来，她于是焦急徘徊地等，一边想念着，一边跺着脚埋怨着："纵我不往，子宁不嗣音？"纵使我不去找你，你也该主动点儿呀，哪怕捎个口信给我也好啊。热恋中的人儿，一分一秒的分离，也觉漫长。所以她挑兮达兮，一日不见，如三月兮。让我们也跟着她着急，替她伸长了脖子眺望，那个穿青衣的男子，来了没？

　　《褰裳》中的小女子，就爱得更为火辣了，如一锅四川麻辣汤，轻抿一口，那热辣，就直逼人的心窝窝。她把约会的地点，放在一条河边，她站在河这边等着，不知什么缘故，约会中的男子，迟迟没来。河水缓缓地流着，她一边眺望着河水，一边在心里发着狠："子不我思，岂无他人？狂童之狂也且！"那意思是，本姑娘漂亮着呢，你不爱我想念我，难道就没有他人吗？爱我的人排着队候着呢，你这个大傻瓜！每读至此，我都忍不住大笑，这实在是个泼辣可爱的姑娘，如一朵野玫瑰，一朝绽开，那芳香就不管不顾地倾溢出来。

　　《采葛》则把热恋中的这种等待推向极致，通篇全是一个人的自言自语，却千转万回，缠绵婉转。"彼采葛兮。一日不见，如三月兮！"她与他，因什么原因，而有了短暂别离？不得而知，只知道姑娘在等他，看到葛草要想到他，看到蒿草要想到他，看到艾草，还是要想到他，从一日不见如三月兮，到如三秋兮，再到如三岁兮，那分分秒秒的时间，多么让人难挨！心爱的人，你什么时候才能来？

热恋中的人，一个世界都可以不要的，眼里心里全是你，纵使你普通得如一株芨芨草，在他(她)的眼里，你也是九天的仙女，骑着白马而来的王子。

我们都曾做过这样的仙女，或这样的王子。它使我们在回味人生的时候，有别样的甜蜜和幸福。

等爱

梅艳芳唱的《女人花》，我怕听。她唱得实在太哀婉悱恻，应了她的人生。像秋夜里的一滴露，"啪嗒"一声，滴落在心头，内心顿时一片荒凉。是啊，花开不多时，堪折直须折，女人如花花似梦。

几千年前，有个少女，在《诗经》里，也是这般唱着的。这个少女唱的不是花，她唱的是梅子："摽有梅，其实七分。求我庶士，迨其吉兮。"这个时候，她还青春年少，她提着筐子，徜徉在梅树旁，树上的梅子，已黄熟了，在纷纷落。地上三分，树上七分。少女望着梅树上的梅子，联想到她自己，青春也是那梅子啊，眨眼间，就熟了，就掉了，她却还没有意中人。她有些害羞地唱，喜欢我的小伙子啊，你快趁着青春好时光来找我呀。可是，爱她的人，却没有来。树上的梅子眼看着掉到只剩三分了，她焦急地唱，求我庶士，迨其今兮。也就是说，喜欢我的小伙子啊，你不要再等了，你今天就来吧。满树的梅子，终于落尽，她的青春也快要过去了，她还是没等来爱她的人。她无奈地唱，求我庶士，迨其谓之。她不再幻想谈一场缠缠绵绵的恋爱了，来不及了，来不及了，如果有小伙子现在喜欢她，就可以直接订下婚约把她娶回家的。

通篇《摽有梅》，不着悲凉，却字字凉透。等爱的心，看不见被谁伤了，却被伤得千疮百孔。

我认识一好女子，三十多了还未嫁。当初也曾有男孩，死心塌地地爱过她，她没有接受，她想等等再说。这一等，就等到花瓣凋落。我对她说，找个好人嫁了吧。她一脸无奈地看着我，说，我也想啊，可是，到哪里去找呢？

替她感伤。好男人早在青春的路上，被人劫持了。尘世的缘分，原都是一场花开，花期过了，花事也就尽了。

盼归

很早就知道"首如飞蓬"这个成语，但不知道，首如飞蓬竟是出自《诗经》中的。当有一天，我翻到诗经中《伯兮》这一篇，我的眼睛在首如飞蓬上停住了，我实在吃惊于首如飞蓬的背景，竟是一个女人盼丈夫归的。"自伯之东，首如飞蓬。岂无膏沐，谁适为容"，女人的丈夫，从军远征去了，女人想他，想得无心打扮，致使头发如风吹乱的枯草一样堆在头上。"不是没有很好的润发油啊，只是我打扮了给谁看呢？"长期的思念，使她心头郁结满了忧伤。这样深刻的想念，实在让人动容！

我想起一个妇人来，妇人的丈夫，早年去台湾，一直未归，留妇人孤身一人。妇人终年一件蓝布褂，头发乱草堆似的堆在头上，脸色灰暗，不言不语地走路，干活。小孩们背后都叫她疯婆子。这样一个疯婆子，某一天，却突然打扮得光艳照人，大红的线衣穿在身上。已灰白了的发，被捋得纹丝不乱。原来，她去台湾的丈夫回来看她了，她为他，梳妆打扮。大家叹，她原来也是这么好看的啊。一周之后，她丈夫却归台，在那里，他早已另娶了太太。妇人什么话也没说，折叠起大红的线衣，换上她的蓝布褂，重又陷入一个人的"首如飞蓬"里。

这样的盼归，在另一篇《风雨》中，终于有了完满结局。"风雨凄凄，鸡鸣喈喈"，外面风大雨大，鸡们在不安地鸣叫，女人的丈夫，出门未归。他出外多久了？或许十天，或许半个月。女人不眠，为他提着一颗心，这么大的风，这么大的雨，亲爱的人啊，你是否被风吹着了，被雨淋着了？女人因此想得害了病。就在这时，奇迹出现了，女人的丈夫竟冒着风雨突然归来。那巨大的惊喜，哪里能形容呢？女人只呆呆地看着他，说一句："既见君子，云胡不夷！"哦，亲爱的，你回来了，我也就心安了。当确信眼前的这个人，真的就是她亲爱的丈夫啊，女人抚摸着丈夫的脸，终于喜极而泣："既见君子，云胡不喜！"纵使外面天崩地陷，又何妨呢？你回来了，一切便好了。

世间的恩爱，原都是这个样子的，几千年来，都是这个样子的，那就是，亲爱的，只要你平安着，我也就开心了。

如樱花，如露珠

白的世界，听不见任何声响，只有雪，在静静落。远处，近处，漫天漫地的白。黑衣女子仰躺在雪地里，一动不动，清秀的眉头上，落满白雪点点。一切如此安宁，安宁得让人心疼。这是日本电影《情书》的开头。镜头缓缓拉远，如一只画笔，轻轻描过一页空白的纸，纸上落下三点两点情绪，仿佛有，又仿佛无。

我不得不佩服那个叫岩井俊二的导演，他唯美的手法，唤起的美感，不仅是视觉上的，甚至还有听觉上的，味觉上的。一切寂静得让人慌张，这个时候，你只能屏了呼吸，静静等待。一颗心，慢慢沉下来，仿佛嗅到雪的味道，凉凉的，有淡淡的忧伤。背景音乐也配得轻浅，催眠般地，把人引进一段情事里。

起初，我以为只是单纯的一段恋情，博子和那个叫藤井树的男人的。片子的开头，他就死了，死于山难。他留给博子的，是无穷无尽的追忆和想念。两年了，她不能忘了他，虽然身边有另一个对她一往情深的男人。

很偶然地，博子看见藤井树中学时代的毕业录，找到他留在名字后的地址，她把它抄到手腕上。明知道那个地方已经拆除，已修成公路，她仍给他写去一封信，信很短："亲爱的藤井树，你好吗？我很好的。——渡边博子。"一字一字，都是从她胸腔里迸出的思念呵，那个时候，我是希望有奇迹发生的——他并没有死，当他收到她的信，他会不忍她的相思，而活蹦乱跳地出现在她面前，对她说，亲爱的，我是跟你开玩笑呢，我并没有死啊。这将是多么悲喜交加的事。

我是相信这样的爱情的，生死相隔，刻骨的相思，依然可以传递。然而，却有了意外，博子的信，寄到了另一个女子手中，一个和她年纪相仿，长相极其相像的女子手中。更为巧合的是，那个女子，竟也叫藤井树。女藤井树在最初的惊诧过后，还是给博子回了一封信，她写道："亲爱的渡边博子，我也很好，但是稍稍有点感冒。"女藤井树的回信，对博子来说，是怎样一种惊喜和鼓舞。她不可能不心存疑虑，那不是他亲手写的。可是，她情愿相信那是真的，相信那些信是他从天国寄来的。她立即回了信，并随信寄了感冒药。于是有了信来信往，日子寻常过着，却又变得那么不寻常，无论对博子来说，还是对女藤井树来说。雪却渐渐消融了，樱花也开始含苞，在又一封信中，博子告诉"藤井树"，她那边不久就会呈现春天的景象。

这样的梦做下去，总有醒的时候。爱博子的男人，最终揭开了这个谜。于是博子知道了另一个藤井树的存在，她与天国的对话就此结束。思念却没有停止，反而更强烈，她突然对藤井树的过去，产生浓烈兴趣，那个她深爱着的人，她想知道他过去的一切，他上学的地方，他打球的操场，他走过的路，他说过的话……是的，她要拥有他的过去。而知晓他过去的人，只有女藤井树，她是他的中学同学。

女藤井树的青涩年代，就这样，像风吹开一道口子，一点一点被打开。因为同名同姓的缘故，他们没少被同学捉弄，黑板上圈起的两个藤井树；有低年级孩子口中齐嚷的藤井树爱藤井树；他藏了她的英语试卷，偏让她等到夜阑人静；他从后面骑车赶上她，给她套上纸帽捉弄她；风吹动洁白的窗帘，他执一本书，站在窗帘后，她一抬首，望见他的人，他的脸；他一本一本地借书，只为在借书卡上写上"藤井树"；她父亲去世，她在家陪伤心过度的母亲，他去敲她家的门，让她帮还借的图书馆的书，书名是《追忆似水年华》。并没有多话，他莫名其妙地来了，又莫名其妙地走了，她笑了。再去上学，却意外得知，他已转学……

回忆似花香，弥漫了女藤井树的青涩年华，她以为的不堪，原来那么柔软，那么美好，甚至有些幸福。这时，博子已隐隐感到，藤井树爱的那个女孩，不是她，而是另有其人。她跑到小樽去见女藤井树，最终却没有勇气相见。她坐在女藤井树家门口的雪地里，给女藤井树写下最后一封信。

藤井树的一群学妹，在图书馆里发现了一个秘密，是那本《追忆似水年华》的借书卡，反面居然画着女藤井树的画像。她们捧了书去找女藤井树，于是真相大白，男藤井树爱的，原来是女藤井树。

知道真相的博子，内心的震痛是难以言说的。千言万语化作雪地里一场哭喊，远处，就是男藤井树出事的山。太阳升起，一个崭新的日子又开始了，博子一步一步走向雪地深处，对着大山泪流满面喊：你好吗？我很好的。你好吗？我很好的……而彼时彼刻，女藤井树正在与死神搏斗，她的感冒，已转化成肺炎。而她的父亲，就是因感冒转化肺炎，最终抢救无效死亡的。仿佛有心电感应，博子每喊一句，她就喃喃回应一句：我很好的。你好吗……

你好吗？整部片子，最动人的一句台词我以为就是这三个字了。无论对于博子来说，对于女藤井树来说，对于爷爷来说，对于母亲来说，对于秋叶来说，所有的情绪，都浓缩成这样一句话："你好吗？"是的，我想知道你好不好，你好了，我的心才安的。

整部片子，没有起伏跌宕的情节，它像一袭流水，缓缓向前流去，两岸青山绿树，水底卵石圆润。雪、窗帘、僵死的蜻蜓、樱花树……这一些没有对白的场景，唯美得如同露珠滚过人的心尖尖。真爱最终降落到它该降落的地方，博子和爱她的男人牵了手。女藤井树意外得到少年的恋情，那张背后画有她肖像的借书卡，她会珍藏一辈子吧？而她，亦会用一辈子来感激那场暗恋，而更珍惜身边的幸福。似水流年，我们不再有遗憾，因为我们都曾年轻过，都曾被人深深地爱过，那个人，或许我们知道，或许我们不知道。然那样的恋情，它一定存在过，如樱花，纯洁在我们年少的天空下。

如果蚕豆
会说话

二十一岁，如花绽放的年纪，她被下放到偏僻的乡下。不过是一瞬间，她就从一个幸福的女孩子，变成了人所不齿的"资产阶级小姐"。那个年代，有那个年代的荒唐。而这样的荒唐，几乎改变了她一生的命运。

父亲被批斗至死。母亲伤心之余，选择跳楼，结束了自己的生命。这个世上，再没有疼爱的手，可以抚过她遍布伤痕的天空。她蜗居在乡下一间漏雨的小屋里，出工，收工，如同木偶一般。

最怕的是田间休息的时候，集体的大喇叭里放着革命歌曲，"革命群众"围坐一堆，开始对她进行批判。她低着头，站着。衣不敢再穿整洁的衣，她和他们一样，穿打了补丁的。发不敢再留长长的，她忍痛割爱，剪了。她甚至有意在毒日头下晒着，因为她的皮肤白皙，她要晒黑它。她努力把自己打造成贫下中农中的一员，一个女孩子的花季，不再明艳。

那一天，午间休息。脸上长着两颗肉痣的队长突然心血来潮，把大家召集起来，说革命出现了新动向。所谓的新动向，不过是她的短发上，别了一只红的发夹。那是母亲留给她的遗物。

队长派人从她的发上，硬生生取下发夹。她第一次反抗，泪流满面地争夺。那一刻，她像孤单的一只雁。

突然，从人群中蹿出一个身影，脸涨得通红的，从队长手里抢过发夹，交到她手里。一边用手臂护着她，一边对周围的人，愤怒地"哇哇"叫着。

所有的喧闹，瞬间止息，大家面面相觑。等明白过来眼前发生的事，大家笑了，没有人跟他计较，一个可怜的哑巴，从小被遗弃在村口，是吃百家饭长大的，长到三十岁了，还是孑然一身。谁都把他当作可怜的人。

队长竟然也不跟他计较，挥挥手，让人群散了。他望着她，打着手势，意思是叫她安心，不要怕，以后有他保护她。她看不懂，但眼底的泪，却一滴一滴滚下来，砸在脚下的黄土里。

他见不得她哭。她怎么可以哭呢？在他心里，她是美丽的天使，从她进村的那一天，他的心，就丢了。他关注她的所有，夜晚，怕她被人欺负，他在她的屋后，转到下半夜才走。她使不动笨重的农具，他另制作一些小巧的给她，悄悄放到她的屋门口。她被人批斗的时候，他远远躲在一边看，心，铰成一片一片的。

他看着流泪不止的她，手足无措。忽然从口袋里，掏出一把炒蚕豆来，塞到她手里。这是他为她炒的，不过几小把，他一直揣口袋里，想送她。却望而止步，她是他心中的神，如何敢轻易接近？这会儿，他终于可以亲手把蚕豆交给她了，他满足地搓着手嘿嘿笑了。

她第一次抬眼打量他，长脸，小眼睛，脸上有岁月的风霜。这是一个有些丑丑的男人，可她眼前，却看到一扇温暖的窗打开了。是久居阴霾里，突见阳光的那种暖。

从此，他像守护神似的跟着她，再没人找她的麻烦，因为他会为她去拼命。谁愿意得罪一个可怜的哑巴呢？她的世界，变得宁静起来。她甚至，可以写写日记，看看书。重的活，有他帮着做。漏雨的屋，亦有他帮着补。有了他，她不再惧怕夜的黑。

他对她的好，所有人都明白，她亦明白，却从不曾考虑过会嫁他。邻居阿婶想做好事，某一日，突然拉住收工回家的她，说，你不如就做了他的媳妇吧，以后好歹有个疼你的人。

他知道后，拼命摇头，不肯娶她。她却决意嫁他。不知是不是想着委屈，她在嫁他的那一天，哭得稀里哗啦。

他们的日子，开始在无声里铺开来，柴米油盐，一屋子的烟火熏着。她在烟火的日子里，却渐渐白胖起来，因为有他照顾着。他不让她干一点点重的活，甚至换下的脏衣裳，都是他抢了洗。

这是幸福吧？有时她想。眼睛眺望着遥远的南方，那里，是她成长的地方。如果生活里没有变故，那么她现在，一定坐在钢琴旁，弹着乐曲唱着歌。或者，在某个公园里，悠闲地散着步。她摊开双手，望见修长的指上，结着一个一个的茧。不再有指望，那么，就这样过日子吧。

也不知是他的原因，还是她的原因，他们一直没有孩子。但这不妨碍他对她的好，晴天为她挡太阳，阴天为她挡雨。村人们叹，这个哑巴，真会疼人。她听到，心念一转，有泪，点点滴滴，洇湿心头。这辈子，别无他求了。

生活是波平浪静的一幅画，如果后来她的姨妈不出现，这幅画会永远悬在他们的日子里。她的姨妈，那个从小去了法国，而后留在了法国的女人，结了婚，离了，如今孤身一人。老来想有个依靠，于是想到她，辗转打听到，希望她能过去，承欢左右。

这个时候，她还不算老，四十岁不到呢。她还可以继续她年轻时的梦想，譬如弹琴，或绘画。她在这两方面都有相当的天赋。

姨妈却不愿意接受他。照姨妈的看法，一个一贫如洗的哑巴，她跟了他十来年，也算对得起他了。他亦是不肯离开故土。

她只身去了法国。在法国，宜人的气候，美丽的住所，无忧的日子。她常伴着咖啡度夕阳。这些，是她梦里盼过多次的生活啊，是她骨子里想要的优雅，现在，都来了，却空落。那一片天空下，少了一个人的呼吸，终究有些荒凉。一个月，两个月……她好不容易挨过一季，她对姨妈说，她该走了。

再多的华丽，亦留不住她。

她回家的时候，他并不知晓。可他却早早等在村口。她一进村，就看到他瘦瘦的影，没在黄昏里，仿佛涂了一层金粉。或许是感应吧，她想。她哪里知道，从她走后的那一天，每天的黄昏，他都到路口来等她。

没有热烈的拥抱，没有缠绵的牵手，他们只是互相看了看，眼睛里，有溪水流过。他接过她手里的大包小包，让她空着手跟在后面走。到家，他把她按到椅子上，望了她笑，忽然就去搬出一只铁罐来，那是她平常用来放些零碎小物件的。他在她面前，陡地倒开铁罐，哗啦啦，一地的蚕豆，蹦跳开来。

他一颗一颗数给她看，每数一颗，就抬头对她笑一下。他数了很久很久，一共是九十二颗蚕豆，她在心里默念着这个数字。九十二，正好是她离家的天数。

没有人懂。唯有她懂，那一颗一颗的蚕豆，是他想她的心。九十二颗蚕豆，九十二种想念。如果蚕豆会说话，它一定会对她说，我爱你。那是他用一生凝聚起来的语言。

九十二颗蚕豆，从此，成了她最最宝贝的珍藏。

这是几十年前的旧事了。

那个时候，他二十六七岁，是老街上唯一一家电影院的放映员。也送电影下乡，一辆破旧的自行车，载着放映的全部家当——放映机、喇叭、白幕布、胶片。当他的身影离村庄还隔着老远，眼尖的孩子率先看见了，他们一路欢叫："放电影的来喽——放电影的来喽——"是的，他们称他，放电影的。原先安静如水的村庄，像谁在池心里投了一把石子，一下子水花四溅。很快，他的周围围满了人，男的，女的，老的，少的。一张张脸上，都蓄着笑，满满地朝向他。仿佛他会变魔术，那里的口袋一经打开，他们的幸福和快乐，全都跑出来了。

她也是盼他来的。村庄偏僻，土地贫瘠。四季的风瘦瘦的，甚至连黄昏，也是瘦瘦的。有什么可盼可等的呢？一场黑白电影，无疑是心头最充盈的欢乐。那个时候，她二十一二岁，村里的一枝花。媒人不停地在她家门前穿梭，却没有她看上的人。

直到遇见他。他干净明亮的脸，与乡下那些黝黑的人，是多么不同。他还有好听的嗓音，如溪水叮咚。白幕布升起来，他对着喇叭调试音响，四野里回荡着他亲切的声音："观众朋友们，今晚放映故事片《地道战》。"黄昏的金粉，把他的声音染得金光灿烂。她把那声音裹好，放在心的深处。

星光下，黑压压的人群。屏幕上，黑白的人，黑白的景，随着南来北往的风，晃动着。片子翻来覆去就那几部，可村人们看不厌，这个村看了，还要跟到别村去看。一部片子，往往会看上十来遍，看得每句台词都会背了，还意犹未尽地围住他问："什么时候再来呀？"

她也到处跟他后面去看电影，从这个村，到那个村。几十里的坑洼小路走下来，不觉得苦。一天夜深，电影散场了，月光如练，她等在月光下。人群渐渐散去，她听见自己的心，敲起了小鼓。终于等来他，他好奇地问："电影结束了，你怎么还不回家？"她什么话也不说，塞他一双绣花鞋垫。鞋垫上有双开并蒂莲，是她一针一线，就着白月光绣的。她转身跑开，听到他在身后追着问："哎，你哪个村的？叫什么名字？"她回头，速速地答："榆树村的，我叫菊香。"

第二天，榆树村的孩子，意外地发现他到了村口。他们欢呼雀跃着一路奔去："放电影的又来喽！放电影的又来喽！"她正在地里割猪草，听到孩子们的欢呼，整个人过了电似的，呆掉了，只管站着傻傻地笑。他找个借口，让村人领着来找她。田间地头边，他轻轻唤她："菊香。"掏出一方新买的手绢，塞给她。她咬着嘴唇笑，轻轻叫他："卫华。"那是她捂在胸口的名字。其时，满田的油菜花，噼哩啪啦开着，如同他们一颗爱的心。整个世界，流金溢彩。

他们偷偷约会过几次。他问她："为什么喜欢我呢？"她低头浅笑："我喜欢看你放的电影。"他执了她的手，热切地说："那我放一辈子的电影给你看。"这便是承诺了。她的幸福，像撒落的满天星斗，颗颗都是璀璨。

他被卷入一场政治运动中，是一些天后的事。他有个舅舅在国外，那个年代，只要一沾上国外，命运就要被改写。因舅舅的牵连，他丢了工作，被押送到一家劳改农场去。他与她，音信隔绝。

她等不来他。到乡下放电影的，已换了他人，是一满脸络腮胡子的中年男人。她好不容易找到机会，拖住那人问，他呢？那人严肃地告诉她，他犯事了，最好离他远点儿。她不信，那么干净明亮的一个人，怎么会犯事呢？她跑去找他，跋涉数百里，也没能见上一面。这个时候，说媒的又上门来，对方是邻村书记的儿子。父母欢喜得很，以为高攀了，赶紧张罗着给她订婚。过些日子，又张罗着结婚，强逼她嫁过去。

新婚前夜，她用一根绳子拴住脖子，被人发现时，胸口只剩一口余气。她的世界，从此一片混沌。她的灵动不再，整天蓬头垢面地，站在村口拍手唱歌。村里的孩子，和着声一齐叫："呆子！呆子！"她不知道恼，反而笑嘻嘻地看着那些孩子，跟着他们一起叫："呆子！呆子！"一派天真。

几年后，他被释放出来，回来找她。村口遇见，她的样子，让他泪落。他唤："菊香。"她傻笑地望着他，继续拍手唱她的歌——她已不认识他了。

他提出要带她走。她的家人满口答应，他们早已厌倦了她。走时，以为她会哭闹的，却没有，她很听话地任他牵着手，离开了生她养她的村庄。

他守着她，再没离开过。她在日子里渐渐白胖，虽还混沌着，但眉梢间，却多了安稳与安详。又几年，电影院改制，他作为老职工，可以争取到一些补贴。但那些补贴他都没要，提出的唯一要求是，放映机归他。谁会稀罕那台老掉牙的放映机呢？他如愿以偿。

他搬回放映机，找回一些老片子，天天放给她看。家里的白水泥墙上，晃动着黑白的人，黑白的景。她安静地看着，眼光渐渐变得柔和。一天，她看着看着，突然喃喃一声："卫华。"他听到了，喜极而泣。这么多年，他等的，就是她一句唤。如当初相遇在田间地头上，她咬着嘴唇笑，轻轻叫："卫华。"一旁的油菜花，开得噼哩啪啦，满世界的流金溢彩。

　　十六七岁的年纪，我在老街上的中学读书。

　　两层的教学楼，红砖，红瓦。教学楼前长泡桐树。春天来的时候，泡桐树先开花，后长叶。一树紫色的小花，纯粹，单一，像悬着一树紫色的铃铛。风吹，铃铛无声。年少的眼看过去，却发出千万声的回响，叮叮，当当。碰撞得心，像沾了露的草尖，疼疼的，莫名的忧伤。

　　隔壁班有女生姓绿。这姓很特别，偌大的校园里，绝对独一无二。她喜穿绿衣裳，爱系绿丝巾。人又漂亮又活泼，爱笑，走到哪里，都像一只闪闪发光的绿蝴蝶在飞。

　　我常看到她，走过我们窗前，绿影子轻盈地一闪，留下一阵青绿的风。光影飘摇，日头也暖，我假装没看见，只埋头念自己的书。心里头却生出许多双眼睛来，对着她的背影，看了又看。我想有她的绿衣裳。我想系她的绿丝巾。我更想能如她一样，漂亮，活泼，意气风发。

彼时，我家境清贫，我背着我妈用头巾缝的花格子书包，穿着我妈纳的土布鞋。也无好容貌，肤黑，胖着，夹杂在城里一堆光鲜人儿之中，是野草误入花圃。笑也黯淡。只能一日一日，让自己像刺猬似的，时时竖起尖尖的刺，只为护住内心的卑微与怯弱。

是暗暗羡慕她的。她家只她一个独生女儿，父母小有钱财，倾尽心力栽培她。她会弹钢琴，会唱歌跳舞，画的画也好。学校宣传栏里的画，就是她的杰作。她成绩也不错。好像全世界的好，都让她一个人占了。

人缘亦是好的。她的身边，总有几个要好的女伴，和她一起咬着冰糖葫芦，从校门口一路谈笑风生地走过来。男生们更是喜欢她，一下课，总有男生跑到她的教室门口，去叫她。她脆脆地应，连蹦带跳地下楼去，在楼前空地上和那些男生打羽毛球。阳光总是好的，天空瓦蓝。她迎着阳光跑，风一样的，绿身影律动着，像舞动着的一只绿蝴蝶。

我和她在校园里遇见过几次。她冲我点头微笑，很友好的样子。我漠然地掉过头去，无端地有些恼她，仿佛她侵犯了我的自尊。而事实上，她什么也没做。青春的心，原是那等的敏感又脆弱。哪怕拂过轻微的风，怕也承受不住。

某天，她突然一言不发，离校出走了，整个校园哗然。那几天，大家都在谈论她，猜测种种，有说她恋爱失败的。也有说她出了家庭变故，父母离异了。

她漂亮的母亲来学校，坐在校长室门口哭。头发稀疏的老校长，急得团团转，派了很多老师出去找。我走过一旁，也还是漠然着，总觉得她只是贪玩了，她会回来。心里却怅然若失，清风日暖，一切如旧，我们的窗口，却少了她轻盈闪过的绿影子。楼前的空地上，也仍有同学在上面奔跑、跳跃，却空谷跫音般的，反倒叫人寂静得发慌。

　　她最终没有回来。一些天后，有同学传言，她死了。自杀。

　　没有人相信。我们走过楼前，总不自觉地会往空地上看看，是不是她在那里跳。有绿影子闪过，我们也总怀疑，那会是她。

　　多年后，我在我的文字里，遇到她，她叫郑如萍，也叫米心，也叫绿。

　　她的真实名字，其实叫青春。

你再捉一只
蜻蜓给我，
好吗？

陆小卫第一次给方可可捉蜻蜓的时候，穿淡蓝的小汗衫，吸着鼻子，鼻翼上缀满细密的小汗珠。他手举一只绿蜻蜓，半曲着腰，对因摔了一跤而坐在地上大哭的方可可，一遍一遍哄着，"可可，我捉了只蜻蜓给你玩，你不要哭了，好吗？"那一年，陆小卫八岁，方可可六岁。

六岁的蓝心，站在陆小卫的身旁。蓝心吮着小拇指，眼巴巴盯着陆小卫手上的绿蜻蜓。她很想要，但陆小卫不会给她。陆小卫说她长得丑，有时跟她生起气来，就骂她"狼外婆"。狼外婆长得很丑吗？方可可不知道。方可可只知道每次陆小卫骂蓝心狼外婆时，蓝心都会大哭着跑回家。不一会儿，蓝心的妈妈，那个跛着一只脚的刘阿姨，就会一手牵着蓝心，一手托着一碟瓜子或是糖果，出来寻他们。刘阿姨不会骂他们欺负蓝心，只是好脾气地抚着陆小卫的头，给他们瓜子或糖果吃，而后关照，"小卫，你大些，是可可和蓝心的哥哥哦，要带着两个妹妹好好玩，不要吵架。"陆小卫这时，会很不好意思地低下头去，用脚使劲踢一颗石子。

刘阿姨走后，蓝心慢慢蹭到陆小卫身边，跟温顺的小猫似的。陆小卫不看她，她就伸了小手小心翼翼去拉陆小卫的衣襟，另一只小手里，一准攥着一颗包装漂亮的水果糖。那糖纸是湖蓝色的，还有一圈白镶边。是她特地省下来的。"给你。"她把水果糖递到陆小卫跟前，带着乞求的神色。陆小卫起初还装模作样嘟着嘴，但不一会儿，就撑不住糖的诱惑了，把糖接过来，说："好啦，我们一起玩啦。"蓝心便开心地笑了，一脸的山花烂漫。

陆小卫转身会和方可可分了糖吃，一人一半。湖蓝的糖纸，被两双小手递来递去。他们透过它的背面望太阳，太阳是蓝的。望飞鸟，飞鸟也是蓝的。方可可用它蒙陆小卫的脸，陆小卫的脸竟也是蓝的。他们快乐地惊叫。整个世界，都是蓝蓝的，一片波光潋滟。

多年之后，方可可忽然想起，那湖蓝的糖纸，像极了陆小卫给她捉的第一只蜻蜓的翅膀。她后来不哭了，她从地上爬起来，接过陆小卫给她捉的蜻蜓。她用手指头拨它鼓鼓的小眼睛，叫它唱歌。陆小卫笑了，蓝心笑了，她也笑了。

那一年，方可可、陆小卫、蓝心，一起住在一个大院里。他们青梅竹马，亲密无间。

上小学三年级的时候，方可可的家要搬到另一座小城去，那是她父亲工作的城。

那个时候，方可可和蓝心同班，好得像一对姐妹花。而陆小卫，已上小学五年级了，常常很了不起似的在她们面前背杜甫的诗词，翻来覆去只两句：感时花溅泪，恨别鸟惊心。

他有时还会和蓝心吵，吵急了还会骂蓝心狠外婆。蓝心不再哭，只是恨恨地咬着牙，瞪着眼看着陆小卫。

陆小卫却从不跟方可可吵，他还是一有好东西就想到方可可，甚至他最喜欢的一把卷笔刀，也送给了方可可。

方可可三年级学期结束时，父亲那边的房子已收拾好了，他们家真的就搬迁了。临走那天，大院里的人，都过来送行。女人们拉着方可可母亲的手，说着一些恋恋不舍的话。说着说着，就脆弱地抹起眼泪。

方可可也很难过，背着自己的小书包，跟蓝心话别。而眼睛却在人群里张望着，她在找陆小卫，而他，一直一直没有出现。

蓝心送方可可一根红丝带，要她在想她的时候，就把红丝带扎在头发上。方可可点点头答应了，回送蓝心一把卷笔刀，是陆小卫送她的。蓝心很喜欢这把小卷笔刀，她曾跟方可可说过，她最喜欢小白兔。陆小卫送方可可的卷笔刀，造型恰恰是一只可爱的小白兔。

陆小卫这时不知打哪儿冒出来，拉起方可可的手就跑，一边跑一边回头冲方可可的母亲说："阿姨，可可跟我去一会儿就回来。"

他们一路狂奔，冲出大院，冲出小巷，就冲到了他们惯常玩耍的小河边。那里终年河水潺潺，树木葱郁。陆小卫让方可可闭起眼睛等两分钟。待她张开眼时，她看到他的手里，正举着一只绿蜻蜓。

"可可，给你，我会想你的。"说完，陆小卫转身飞跑掉了。留下方可可，望着手上的绿蜻蜓，怔怔。

方可可在新的家，很怀念原来的大院。怀念得没有办法的时候，她就给蓝心写信，在信末，她会装着轻描淡写地问一句：陆小卫怎么样了？

蓝心的信，回得总是非常及时。她在信中，会事无巨细地把陆小卫的情况通报一番。譬如他在全校大会上受到表扬。他数学竞赛又得了一等奖。他打球时扭伤了一条胳膊。他不再骂她狼外婆，而是叫她蓝心。

方可可对着满页的纸，想着陆小卫的样子。窗外偶有蜻蜓飞过，它不是陆小卫为她捉的那只，她知道。

在小学六年级的那年暑假，方可可跑回去一次。蓝心还在那个大院住着，陆小卫却不在了，他随他的家人搬到另一个小区去了。

蓝心长成漂亮的大姑娘，脑后扎着高高的马尾巴。方可可和蓝心站在街角拐弯处吃冰淇淋，谈陆小卫。蓝心说："他现在上初中了，个子很高了。"

冰淇淋吃掉后，蓝心去打了一个电话，陆小卫就来了，样子很高很瘦。他们还像从前一样，是三个人，亲密无间。但分明又不是了，他们都长大了。

他们坐在从前的小河边，除了笑，就是沉默。

陆小卫后来打破沉默，说："可可，我给你捉只蜻蜓吧。"蓝心立即热烈响应，拍着手说："好啊好啊，也给我捉一只吧。"

陆小卫就笑了，伸手拍一下蓝心的头说："你捣什么乱？"那举止，竟是亲昵的，而与方可可，却是生疏的。方可可觉得心头一暗，太阳隐到了云端里。

一会儿，陆小卫就捉到了一只蜻蜓，红色的，有着透明的翅膀。他把蜻蜓小心地放到方可可的手上，蜻蜓的翅膀颤了颤，陆小卫的手，也颤了颤。方可可抬眼看他，他穿红色T恤，已是翩翩一少年。

蓝心一直追随着陆小卫的脚步走。

陆小卫高中，蓝心初中。陆小卫在北方上大学，蓝心努力两年，也考上陆小卫所在的那所大学。

方可可却在南方的一所大学里，寂寂。她与他们的距离，相隔了万水千山。

元旦的时候，陆小卫寄给方可可明信片，是他亲手制作的，上面粘着蜻蜓标本。他的话不多，只简洁的几个字："可可，节日好。"

方可可不给他回寄，只托蓝心谢他。

方可可跟蓝心一直通信，也通电话。她们天南地北瞎聊一通，然后就聊陆小卫。蓝心说，他是学校的风云人物，是学生会主席，后面迷倒一帮小女生。

方可可笑得岔气，一边就在纸上写：陆小卫，陆小卫……

陆小卫在他毕业的那年夏天，突然跑到方可可的学校来看方可可。他玉树临风地站在方可可面前，方可可忍不住心跳了又跳。

方可可带他去他们学校食堂吃蚂蚁上树，还有藕粉圆子。他大口大口吃，说，再也没有吃过比这更好吃的东西了。

方可可知道，他多少有些伪装。他还像小时候那样，总是尽可能地让她高兴。

有疼痛穿心而过。但表面上，方可可却不动声色。

饭后，他们一起散步，沿着校门外的路走。走累了，他们就一起坐到路边的石阶上。

陆小卫突然问她："可可，你收到我的信了吗，我托蓝心寄给你的信？那几天，我正在忙着写毕业论文，没时间跑邮局，而快件必须到邮局才能寄出，所以我托蓝心了。"

"快件？"方可可愣一愣，随即明白了，她含糊着说："早收到啦。"

陆小卫看看她，缓缓掉过头去，艰难地笑，"那么，蓝心说的都是真的了，你已经，有男朋友了？"

方可可大着声笑，说："是啊是啊。"

夕阳西沉，一点一点地，落在心底。有鸽从高空飞过。这个城市没有蜻蜓，却有鸽。它们成群成群地从城市上空飞过，银色的翅膀上，驮着碎碎的夕阳，红色的忧伤。

他们不再说话，沉默地望着路对面。对面的路边，并排长着三棵紫薇树，花开得正好，一树的灿烂。红的，紫的，细密的花，纷纷扬扬。

"像不像你、我，还有蓝心？"方可可指着紫薇树，故作轻松地问陆小卫。

陆小卫只是若有似无地"哦"了声。刹那之间，他们变成陌生。

陆小卫走后的第二天，方可可收到蓝心的信，蓝心在信上说："对不起了可可，我爱陆小卫，从小就爱。而从小，你就什么都比我强，你聪明，长得漂亮，你父母有本事。而我妈妈，却是个残疾人……"

我知道的，蓝心。方可可在心里面轻轻说。她伸手捂住眼睛，不让眼泪掉下来。

不久，陆小卫给方可可寄来最后一张他亲手制作的明信片，明信片上，照例粘着一只蜻蜓标本。薄薄的翅，透明的忧伤。他的话依然不多，只寥寥几个字。他说："可可，我和蓝心恋爱了。"

方可可回："祝福你们。"

再不联系。

再相见，已是几年之后，在陆小卫和蓝心的婚礼上。方可可喝醉了，一点也不记得当时的情形了，印象中，都是蓝心一团甜美如花的笑，雾似的缥缈。

事后，方可可听朋友说，那天，她大醉，醉酒后一直说着一句话："你再捉一只蜻蜓给我，好吗？"

朋友笑她，"瞧你醉的，像个小孩子，还要什么蜻蜓。"

后来，朋友又说，那一天，同醉的，还有新郎官。他喝着喝着，就流泪了，嘴里面也嘟囔着什么蜻蜓蜻蜓的，没有人听得懂。

　　她走近他的时候，正是他人生最不堪的时候，先是父亲被批斗致死，后是母亲疯了，失足坠楼而亡，他亦被下放到一个偏远的小山村。新婚妻子敌不过这样的变故，跟他划清界限，远他而去。原本热热闹闹的一个家，顷刻间，没了。

　　雪落。他一个人，爬到白雪覆盖的小山坡上，想悲惨人生，想到痛处，忍不住放声大哭。突然身后有人唤他："哎——"他回头，看见她鼻尖冻得通红，肩上落满雪花。

　　"你不要哭，真的，不要哭。"她有些语无伦次，"我相信，你不是坏人。"她眼睛亮亮地看着他。

　　他冻僵的心，突然回暖，漫天漫地的雪花，也有了温度。

　　他知道了她叫英子，十九岁，家里有兄妹五个，她排行老二，没念过书。她知道了他原是大学里的音乐老师，遂有些得意地说："我就说嘛，你不是坏人。"他笑了，反问她："怎么不是？"她脸红了，低了头吃吃笑，说："看上去不像嘛。"

隔两天，她跑来找他，脑后粗黑的长辫子不见了，代之的，是一头碎发。她脸红扑扑地对他说："我要送你一件礼物。"他还在发愣，一支绛色的笛子，已举到他跟前。她说："你是音乐老师，你一定会吹笛子的，一个人的时候，吹吹，解解闷。"

原来，她跑集镇上去，卖掉她的长辫子，换来一支笛子。他问："为什么要这样做？"她答："我喜欢读书人呀。"他黯然，说："傻姑娘，我会连累你的。"她说："不怕，你不是坏人。"

他们相爱了。流言蜚语顿起，都说是他勾引她的。村里召开批判大会，把他押到台上。她出人意料地跳上台，憋着一张通红的小脸，对底下激愤的人群说："我喜欢他，我要嫁给他！"

这不啻一磅重弹，炸得人们一愣一愣的。震惊与阻挠，一时间汹涌澎湃。那时候，小山村人们的思想观念还相当落后，男婚女嫁，都讲究父母之命媒妁之言，哪里有大姑娘自个儿追男人的？有人骂：不要脸，真不要脸。后来许多人骂：不要脸，真不要脸。她亦是不在意的，昂着头，像个勇士。

她的父母，迫于外界压力，速速替她寻了一山里汉子，要她嫁过去。她拿一把菜刀架到自己脖子上，说："除非我死！"

如此的千辛万苦，他们终于生活到一起。结婚那天，没有鞭炮齐鸣，甚至连一句祝福的话也没有的。母亲偷偷塞给她五块钱，抹着眼泪说："丫头，以后过好过孬都不要怪娘。"

她却是满足的、幸福的，两个人的灯下，他为她吹了一夜的笛。

八年后，落实政策，他平反，回城，重返校园。她在村人们羡慕的眼光里，跟着他进了城，却与一个城格格不入。她不会说普通话，冒出的土疙瘩话，常让城里人侧目。他们家里，进进出出的，都是衣着鲜亮的人，他们谈论贝多芬、肖邦，神采飞扬。这时候，她只有发呆的份儿。和他一起走在大学校园里，她是那样卑微的一个人，脸上一直挂着谦卑的笑，别人却还不待见。她终于待不住了，闹着要回去，回到她的小山村。

她真的回去了。这期间，他的事业如日中天，他被许多大学请去开音乐讲座，身边不乏优秀女子的追逐。要好的朋友劝他：还是跟乡下的她分手吧，她不配你的。不是没有过动摇，且她又不愿到城里来，两个人如此分着，终不是个长久。再回去，他试着跟她说："我可能，回不来了。"她心里不是不明白，却说："随便你，你怎么说，我都听你的。"却在他临走时，找出那支笛子给他，关照："一个人的时候，吹吹，解解闷。"

意外是在她送他回城的路上发生的，一辆刹车失灵的大卡车，突然冲向他们，她眼疾手快，迅速把他往外一推，自己却被撞飞，当场昏死过去。

七天七夜后，她醒过来，人却变得痴呆。医生说，她的脑子受了重创，要恢复，难。

他没有再回城，因为他知道，她喜欢的是乡下，在乡下，她才能活得舒展。他陪伴着她，叫她英子。乡村的风，吹得漫漫的，门前的空地上，长着她喜欢的大丽花。太阳好的时候，他把她抱到太阳底下，给她吹笛子。他说："英子，当年，你真勇敢啊，你跳上台，对着那些人说，你喜欢我，你要嫁给我。"说到这里，他笑出泪来，而她的眼角，似乎也有泪流。

他再不曾离开她。和他们同在的，还有当年的那支笛子。

在进入了无人烟的大草原深处之前，他的心，是空的。他曾无数次想过要逃离的尘世，此刻，被远远抛在身后。他留恋它吗？他不知道。

远处的雪山，白雪盈顶，像静卧着的一群羊，终年以一副姿势，静卧在那里。鸟飞不过。不倦的是风，呼啸着从山顶而来，再呼啸着而去。

他想起临行前，与妻子的那场恶吵。经济的困窘，让曾经小鸟依人的妻子，一日一日变成河东狮吼，他再感觉不到她的一丝温柔。这时刚好一个朋友到大草原深处搞建筑，问他愿不愿意一同去。他想也没想，就答应了。从此，关山路遥，抛却尘世无尽烦恼。

可是，心却堵得慌。同行的人说，到草原深处后，就真正与世隔绝了，想打电话，也没信号的。他望着银灰色的手机，一路上他一直把它揣在掌心里，揣得汗渍渍的。此刻，万言千语，突然涌上心头，他有强烈的倾诉的欲望。他把往昔的朋友在脑中筛了个遍，也找不到一个可以说话的。他亦不想把电话打给妻，想到妻的横眉怒目，他心里还有挥不去的阴影。后来，他拨了家乡的区号，随手按了几个数字键，便不期望着有谁来接听。

但电话却很顺利地接通了，是一个柔美的女声，唱歌般地问候他，你好。

他慌张得不知所措，半晌，才回一句，你好。

接下来，他也不知哪来的勇气，不管不顾对着电话自说自话，他说起一生的坎坷，他是家里长子，底下兄妹多，从小就不被父母疼爱。父母对他，极少好言好语过，唯一一次温暖，是十岁那年，他掉水里，差点淹死。那一夜，母亲把他搂在怀里睡。此后，再没有温存的记忆。十六岁，他离开家乡外出打工，省吃俭用供弟妹读书，弟妹都长大成人了，过得风风光光，却没一个念他的好。后来，他凭双手挣了一些钱，娶了妻，生了子，眼看日子向好的方向奔了，却在跟人合伙做生意中被骗，欠下几十万的债。现在，他万念俱灰了。他一生最向往的是大草原，现在，他来了，就不想回了，他要跟这里的雪山，消融在一起。

你在听吗？他说完，才发觉电话那端一直沉默着。

在呢。好听的女声，似春风，吹过他的心田。

她竟一点也没惊讶他的唐突与陌生，而是老朋友似的轻笑着说，听说大草原深处有一种很漂亮的花，叫格桑花的。

他沉重的话题里，突然的，有了花香在里头。他笑了，说，我也没见过呢，要等到明年春天才开的。

那好，明年春天，当格桑花开了的时候，你寄一束给我看看好吗？她居然提出这样的要求。

他的心，无端地暖和起来……

后来，在草原深处，无数的夜晚，当他躺在帐篷里睡不着的时候，他会想起她的笑来，那个陌生的、柔美的声音，成了他牵念的全部。他想起她要看的格桑花，他想，无论如何，他一定要好好活到明年春天，活到格桑花开的那一天，他答应过她，要给她寄格桑花。

这样的牵念，让他九死一生。一日，大雪封门，他患上了重感冒，躺在帐篷里奄奄一息。同行的人，都以为他撑不过去了。但隔日，他却坐了起来。别人都说是奇迹，只有他知道，支撑他的，是梦中的格桑花，是她。

还有一次，天晚，回归。在半路上他与狼对峙。是两只狼，大概是一公一母，情侣般的。狼不过在十步之外，眼睛里幽幽的绿光，快把他淹没了。他握着拳头，想，完了。脑子中，一刹那滑过的是格桑花。他几乎要绝望了，但却强挺着，一动不动地看着狼。对峙半天，两只狼大概觉得不好玩了，居然头挨头肩并肩地转身而去。

他把这一切，都写在日记里，对着陌生的她倾诉。他不知道，在遥远的家乡，那个陌生的她，会不会偶尔想到他。这对他来说不重要了，重要的是，他答应过她，要给她寄格桑花的，他一定要做到。

好不容易，春天回到大草原。比家乡的春天要晚得多，在家乡，应该是姹紫嫣红都开遍了吧？他心里，还是有了欣喜，他看到草原上的格桑花开了，粉色的一小朵一小朵，开得极肆意极认真，整个草原因之醉了。他双眼里涌上泪来，突然地，很是思念家乡。

他采了一大把格桑花，从中挑出开得最好的几朵，装进信封里，给她寄去。随花捎去的，还有他的信。在信中，他说起在草原深处艰难的种种，而在种种艰难之中，他看到她，永远是一线光亮，如美丽的格桑花一样，在远处灿烂着，牵引着他。他说，我没有姐姐，能允许我冒昧地叫你一声姐姐吗？姐姐，我当你是荒凉之中一滴的甘露！

她接信后，很快给他复信了。在信中，她说她很开心，上天赐她这么一个到过大草原的弟弟。她说格桑花很美，这个世界，很美的东西，还有很多很多，让人留恋。她说，事情也许并不像他想象的那么糟糕，如果在草原里待腻了，还是回家吧。

这之后，他们开始信来信往。她在他心中，成了圣洁的天使。一次，他从一个草原迁往另一个草原的途中，看到一幅奇异的景象：在林林总总的山峰中，独有一座山峰，从峰巅至峰底，都是白雪皑皑璀璨一片的，而它四周的山峰，则是灰脊光秃着。他立即想到她，对着那座山峰大喊着她的名字。没有一个人会听到他的喊叫，甚至一棵草一只鸟也不会听到。他为自己感动得泪流满面。

他把这些，告诉了她。忐忑地问，你不会笑我吧？我把你当作血缘之中的姐姐了。她感动，说，哪里会？只希望你一切好，你好，我们大家便都好。

这样的话，让他温暖，他向往着与她见面，渴盼着看到牵念中的人，到底是怎样的模样。她知道了，笑，说，想回，就回呗，尘世里，总有一处能容你的地方，何况，还有姐姐在呢！

他就真的回了。

当火车抵达家乡的小站时，他没想到的是，妻子领着儿子正守在站台上，一看到他，就泪眼婆娑地扑向他。一年多的离别，妻子最大的感慨是，一家人守在一起，才是最真切的。那一刻，他从未轻易掉的泪，掉落下来。他重新拥抱了幸福。

他知道，这一切，都是她安排的。他去见她，出乎意料的是，她竟是一个比他小好多岁的小女人。但这又有什么关系呢？在他心中，她是他永远的姐姐。他站定，按捺不住激动的心，问她，我可以拥抱一下你吗？

她点头。于是他上前，紧紧拥抱了她。所有的牵念，全部放下。他在她耳边轻声说，姐姐，谢谢你，从今后，我要自己走路了。回头，是妻子的笑靥儿子的笑靥。天高云淡。

尘世里，我们需要的，有时不过是一个肩头的温暖，在我们灰了心的时候，可以倚一倚，然后好有勇气，继续走路。

Chapter

4

每一棵草
都会开花

桃红

　　颜色家族里，桃红算得上出挑的。《红楼梦》里有松花配桃红，是宝玉赞赏的娇艳。刘姥姥初见凤姐，凤姐身上穿的就是一件桃红撒花袄。这里的桃红，有贵族气。

　　都说桃红是桃花的颜色。陈红唱的《小桃红》里，有"醉倚桃红"之句，说的是倚着一树开好的桃花。而我却以为，桃红的颜色，是熟透了的桃的颜色，红彤彤水盈盈，有点酸，有点甜，有点艳，有点暖，是好女子历练成精了。

　　是的，桃是水果中成了仙的。小时家里墙上，贴一幅五女献寿图，五个如花女子，一律穿了桃红的衫，双手捧着雕花托盘，托盘上，放着红得艳粉粉的桃。祖母说，那是仙桃啊。孙悟空偷吃了王母娘娘的仙桃，为他日后被压山下五百年埋下祸根——桃原是这样的诱惑人。

桃是我记忆里，最初触摸到的甜蜜。那时乡下，长桃的人家不多，也就那么三五户，屋后长一棵桃树。这样的人家，成了孩子们眼中的圣地。说它是圣地，一点也不夸张，我们总是怀着无限崇拜向往的心，远远望着那棵桃树，从开花到结果。连带那户人家的房，那户人家的人，那户人家的小狗小猫，在我们眼里，都成了不一般。

少时的梦想，没出息得很，希望长大了能嫁到这户长桃的人家去，可以天天吃桃。那时，简单的欲求，简单的心，有阳光三两点，日日吃桃就是好日子了。我们为向往中的好日子，而认真地许诺，认真地快乐。

到达爱美的年纪，突然喜欢上桃红的衣和物。女同学里，有家境好的，很奢侈地围一款桃红的围巾。校园内有小河，小河上搭一石头小桥，她从小桥那头过来，头上垂下绿的柳枝无数条，脖上的桃红围巾，被风吹得飘起来。柳绿和桃红，还有水葱样的小人儿，怎样一个惊心动魄！那样的画面，长长久久留存在我的记忆里，不能忘。现在想想，我青春里，最仰慕的颜色，当数桃红了。

也常见用桃红来做女子的名的，电视电影里那就不消说了。现实里，也有不少。叫这名的女子，多半出身卑微，然又是极聪明伶俐的，她靠她的聪明出人头地，就像一树桃花，风雨历练，终成桃。

我也认识这么一位叫桃红的女子，从小家境苦寒，父聋母哑。她却凭自己的聪明与闯劲，从捡拾垃圾起，一步一步，走上创业的路。现而今，在一个城里，她已拥有十几家连锁超市店。人生若得了桃红作底子，另有一种明媚在里头。

现在风靡全世界的酒里，也有一款叫桃红的，以普斯旺斯的桃红酒最为出名。不用喝，单单想想这名，就很醉人了。透明的杯子里，晃动着一波桃红，日子里的暖与好，一点一点由口入心。面对这样的酒，只有敬重，不敢轻慢。

踮起脚尖，就更靠近阳光

壹

认识小鱼的时候，小鱼还在一家杂志社打工，做美编。我常给那家杂志写稿，基本都是小鱼给我配插图。她配的插图，总有让我心动的地方。如果说我的文字是咖啡，她配的插图，就是咖啡伴侣，妥帖，恰到好处。

起初也只是零星地聊聊，在QQ上，在邮件里。她把画好的插图给我看，一棵草，一朵花，在她笔下，都有恣意狂放的美。"80后"的孩子，青春张扬，所向披靡。

小鱼却说，她老了。

我哂笑："你若老了，那我还不成老妖精啦？"我说这话是有根据的，我比小鱼，整整大了十岁。

139

小鱼哈哈笑了，说："你就是成了精的老妖精，多让我羡慕。"我却分明窥见她的忧伤，在那纷纷扬扬的笑声背后，像午夜的花瓣，轻轻落。

小鱼说："姐，我今天会做鸡蛋羹了！"

小鱼说："姐，我今天买了条蓝花布裙，很少穿裙子的我，穿上可是风情万种呢！"

小鱼说："姐，我喝白酒了，喝完画漫画，一直画到大天亮！"

小鱼说："姐，我的新房子漏水了，气死我了。"我急："赶紧找物业呀。"她说："我找了呀，可大半天过去了，他们还没派人来，可怜我刚装修好的墙啊，漏出一条一条的小水沟，心疼死我了。"

不知从何时起，小鱼开始唤我姐，她把她的小心事跟我分享，快乐的，不快乐的。我静静听，微微笑，有时答两句，有时不答。答与不答，她都不在意，她在意的是，倾诉与倾听。

听她叽叽喳喳地说话，我的心里，常常漾满温柔的怜惜。隔着几千里的距离，我仿佛看见一个瘦弱的女孩子，穿行于熙攘的人群，热闹的，又是孤单的。

小鱼说，她曾是个不良少年，叛逆、桀骜不驯。因怕守学校多如牛毛的规矩，初中没毕业就不念书了，从此一个人远走异乡。

"当然，吃过很多苦啦。"小鱼叮叮当当笑。对过往，她只用这一句话概括了，只字不提到底吃过什么样的苦。"不过我现在，也还好啊，有了自己的房，90平方米呢，是我画漫画写稿挣来的哦。"小鱼拍了房子的一些照片给我看，客厅、厨房、书房和卧室，布置得很漂亮。"书房内的阳光很好，有大的落地窗。我常忍不住踮起脚尖，感觉自己与阳光离得更近。"小鱼说。

我看见她书房的电脑桌上，有一盆太阳花，红红黄黄地开着。我问："小鱼也喜欢太阳花啊？"她无比自恋地答："是的啊，我觉得我也是一朵太阳花。"旋即又笑哈哈问我，"姐，你知道太阳花还有一个名字叫什么吧，叫死不了。"

小鱼说，她给自己取了个别名，也叫死不了。

贰

二十五岁，小鱼觉得自己很大龄了，亦觉得孤独让人沧桑与苍老，开始渴望能与个人相守，于是小鱼很认真地谈起了恋爱。

小鱼恋上的第一个，是个小男生，比她整整小四岁。他们是在一次采访中认识的，彼时，小男生大学刚毕业，分到一家报社实习，与小鱼，在某个公开场合萍水相逢了。小鱼自然大姐大似的，教给小男生很多采访的技巧，让小男生佩服得，连看她的眼神都是高山仰止般的。

小男生对小鱼展开爱情攻势，天天跑到小鱼的单位，等小鱼下班。过马路，非要牵着小鱼的手不可，说是怕小鱼被车子碰到了；大太阳的天，给小鱼撑着伞，说是怕小鱼被太阳晒黑了。总之，小男生做了许许多多令小鱼感动不已的事，小鱼一头坠进他的爱情里。

我说："小鱼，比你小的男孩怕是不靠谱吧？他们的热情，来得有多迅猛，消退得也就有多迅猛。"小鱼不听，小鱼说："关键是，我觉得我现在很幸福。"

那些天，小鱼总是幸福得找不着北，她的QQ签名改成：天上咋掉下一个甜蜜的馅饼来了？它砸到我的头啦！她说小男生陪她去听演唱会了。她说小男生陪她去逛北海了。她说小男生给她买了一双绣花布鞋……我一边为她高兴，一边又忧心忡忡，以我过来人的经验，爱情不是焰火绽放时的一瞬间绚丽，而是细水长流的渗透。

我的担忧，终成事实。一个月不到的时间，小男生便对她失了热情。她发信息，他不回。说好一起到她家吃晚饭的，她做了鸡蛋羹，还特地为他买了啤酒，可等到夜半，也没见人来。打电话给他，他许久之后才接，回她，忘了。小鱼把自己关在家里，喝得酩酊大醉。

小鱼问我："姐，你说这人咋这样呢？怎么说爱就爱，说不爱就不爱呢？"我不知如何安慰她，我说："小鱼，可能上帝觉得他不适合你，所以，让他走开。"小鱼幽幽地说："或许吧。"

小鱼的第二段爱情，来得比较沉稳。是传统的相亲模式，朋友介绍的，对方是IT精英，博士生，三十五岁的大男人。第一次见面，一起吃了西餐。吃完小鱼要打车回家，他拦住，说："我送你。一个女孩子独自打车，我不放心。"只这一句，就把小鱼的魂给勾去了。

他慢慢驾着车，并不急于送小鱼回家，而是带着小鱼到处逛，一直逛到郊外。他明白地对小隹表达了他的好感，他说他是理科生，写不好文章，所以特别崇拜会写文章的人。傻丫头一听，喜不自禁，夜半时分回到家，竟一夜辗转不成眠。

小鱼很用心地爱了。大男人买了她喜欢的书送她。教她做菜，做剁椒鱼头，虾仁炒百合。于是小鱼天天吃剁椒鱼头和虾仁炒百合。据她说，她的手艺，练得跟特级厨师差不多了。"姐，等你来，我做给你吃，保管你喜欢。"小鱼快乐地说。

小鱼给我发过大男人的照片，山峰上，他倚岩而立，英气逼人。我又有了担忧，这个人，太优秀了；太优秀的人，不适合小鱼。

还没等我说出我的担忧，小鱼那边的爱，已经搁浅了。小鱼只告诉，他太理智了，就结束了这段让她谦卑到尘埃里的爱情。

小鱼后来又谈过两场恋爱，每次她都卸下全部武装，全身心地去爱，但都无疾而终。小鱼很难过，小鱼问我："姐，你说好男人都哪儿去了？为什么他们都看不见我的好？"

我只能用冰心安慰铁凝的话来安慰她"你不要找，你要等"。

缘分是等来的吗？对此，我也很不确定。

叁

深秋的一天，晚上八九点，我正在电脑前写作，小鱼突然电话来："姐，我看你来了，在你们火车站，你接我一下。"

我大吃一惊。与小鱼相识这么久，我们愣是没见过面。我曾说过要去西藏，小鱼说，那好，我们就在西藏见。可现在，她竟突然跑了来。

世上有两种女子叫人感叹，一种是初见时惊艳，细细打量后，却平淡了；一种是初见时平淡，相处后，却越发觉得她的艳，举手投足，无一处不充满魅力。小鱼是后一种。

车站相见，小鱼给我的感觉很平淡，个子矮小，穿着随意。她看着我，眉毛眼睛都充满欢喜，亲昵地偎着我，唤我姐。我越来越发觉，她极耐看，大眼睛，还有两个小酒窝，甜美极了。

陪她去吃饭，陪她住酒店。她一张小嘴噼里啪啦个没完，说她路上的见闻，说她想给我一个惊喜。"姐，你吓着了没有？"她调皮地冲我眨着眼，把她从新疆带回的一条大披肩送给我，披到我身上，欣喜地望着我说："姐，你很三毛哎。"她在我面前转了一个圈，再看我，肯定地点头："姐，你真的很三毛哎。"

那一夜，我们几乎未曾合眼，一直说着话。在我迷糊着要睡过去的时候，她把我推醒，充满迷醉地说："姐，你说，多年后，我们会不会被人津津乐道地说起，说有那么一天，两位文坛巨星相遇了，披被夜谈。"黑夜里，她笑得哈哈哈。我也被逗乐了，好长时间，才止住笑。

第二天，我带她去沿海滩涂。秋天的滩涂，极美，有一望无际的红蒿草，仿佛浸泡在红里面，一直红到天涯去了。小鱼高兴得在红蒿草里打滚，对着一望无际的滩涂展臂欢呼："海，我来了，我见到我亲爱的姐姐了！"

我站在她身后，隔着十年的距离，我们如此贴近。我有一刻的恍惚，也许前世，我走失掉一个小妹；今生，注定要与她重逢。

小鱼不停地给我拍照，一边拍一边说："姐，我要把你留在相机里，以后不管走到哪里了，只要想到你，我都能看到你。"我也给她拍照。她在我的镜头前，摆足姿势，千娇百媚。

小鱼买的是当天晚上返回的火车票。车站入口处，她笑着跟我话别，跳着进去，突然又跑出来，搂紧我，伏在我的肩上哭。我心里也很难过，拍着她的肩说："现在交通方便得很，想看姐的时候，就来，一年来两回，春天和秋天。"她答应："好。"

我是后来才知道的，小鱼秋天来看我，有两件事她没跟我说，一是她又失恋了，二是她辞了工作。

　　小鱼跑到她向往的西藏去了。在布达拉宫外的广场边，她给我写信，用的是那种古旧的纸。在信里她写道："姐，原谅我的自私。我去看你，是去问你索要温暖的。你放心，我现在很幸福，可以做自己喜欢的事——行走和寻找爱情。我始终相信，只要踮起脚尖，就能更靠近阳光。"

　　是的，踮起脚尖，就更靠近阳光。亲爱的小鱼，在西藏，你应该轻易就能做到。

很不起眼的小巷道，很不起眼的小酒楼，叫"福来元"，又或"来福元"的。这样普通的名字，普通得极易被人遗忘，以至我在此刻回忆店名时，记忆模糊。

小酒楼在盐城。陡而有些窄的小楼梯，上到二层。桌，椅，印着淡花的台布，还有纱织窗帘。窗外一个燠热世界，窗内，却清凉着，很静，如居家。疑惑着，这不像酒楼啊，没有酒楼的喧哗和烟火蒸腾。

室内只有两个人，一个是穿短袖红衣的小服务员，一个是老妇人。其时，老妇人正远远坐屋角那边看电视，手里一把纸扇，轻摇慢拢，是云淡风轻。电视里唱着京剧，铿锵一阵锣鼓过。京剧我不喜欢，所以，只用眼睛余光扫过。

穿短袖红衣的小服务员，看到我们一行过去，笑迎相问，几位？引领着我们坐到窗口的位置上。窗正对着小巷口，可以看到蓝天，被一些楼宇裁成大小不一的布条条。楼下有人，来来往往，是热闹凡尘。

几个朋友，边吃边唠。菜不错，很家常很实诚。老妇人突然在身后开了腔，是问菜还可口抑或别的什么。那一开腔，让我和朋友吃一惊，她的声音实在好听，端的就是吴侬软语呀，可又不是，比那些软语，更多了韵味在里头。

随意地聊，她竟是个健谈的人。酒楼是她儿子开的，她帮着照看。一把纸扇，在她手上任意张开又叠起，眉梢间，挂着淡的笑意，很动人。让人想着一个词，优雅。朋友中一人眼尖，问她，您恐怕曾在戏剧舞台待过吧？这一问让她乐得满脸是笑，她说，您真有眼光，我以前是唱京剧的。她报上她的名字。在盐城土生土长的朋友大惊，那可是个名角啊，在20世纪60至80年代，都红得凤凰花似的呀。

十三岁开始唱戏，人唤小凤。不知是怎样伶俐的一个小丫头，舞台上水袖长舞，一转身，一亮相，是不是赚尽风流？台上灯光，永远的灿烂。大好年华，是悬在锦衣上的花朵，永远不息地开着。前路是不是漫漫？那与她无关，她只道无论分配她扮什么角色，她都极尽认真地去演，念头只有一个，那就是要演好，要超过所有人。

她果真演得很好，做成有名的花旦，演尽戏里雪月风花。时光是一只橹摇的船，于咿咿呀呀里，不知不觉，竟荡过一片水域去了。往回望，依稀还是十三岁的小凤啊，那个新葱样的小人儿，甩着水袖，字正腔圆唱一段《苏三起解》："苏三离了洪洞县，将身来在大街前……"却隔了四五十年的岁月之河，望不过去了。

我们都为她感叹，这么多年啊……她笑，后来剧团解散了，解散了……眉梢间，闪过一抹不易觉察的感伤，旋即消了。她说，唱这么多年戏，我把一切看开了。

　　她看开的一切是什么呢？是人生的起起落落，纷纷扰扰，原不过一场戏吗？戏演着时，别人是她的观众，戏结束了，她是她自己的观众。她淡定地摇着她的扇，有客来，陪着说两句话；没客来，她坐着看看电视，听京剧咿呀在耳边。她说，现在记性不好啦，刚刚说的话，做的事，常会忘掉。但对那些唱词，却都记得。偶尔哪里有票友会了，她准被人拉去唱上一小段。

去乡下，跟母亲一起到地里去，惊奇地发现，一种叫牛耳朵的草，开了细小的黄花。那些小小的花，羞涩地藏在叶间，不细看，还真看不出。我说，怎么草也开花？母亲笑着扫过一眼来，淡淡说，每一棵草，都会开花的。愣住，细想，还真是这样。蒲公英开花是众所周知的，黄灿灿的，像小菊花。即便结果了，也还像花，白白的绒球球，轻轻一吹，满天飞花。狗尾巴草开的花，连缀在一起，就像一条狗尾巴，若成片，是再美不过的风景。蒿子开花，是大团大团的……就没见过不开花的草。

曾教过一个学生，很不出众的一个孩子，皮肤黑黑的，还有些耳聋。因不怎么听见声音，他总是竭力张着他的耳朵，微向前伸了头。做出努力倾听的样子。这样的孩子，成绩自然好不了，所有的学科竞赛，譬如物理竞赛、化学竞赛，他都是被忽略的一个。甚至，学期大考时，他的分数，也不被计入班级总分。所有人都把他当残疾，可有，可无。

他的父亲，一个皮肤同样黝黑的中年人，常到学校来看他，站在教室外。他回头看看窗外的父亲，也不出去，只送出一个笑容。那笑容真是灿烂，盛开的野菊花般的，有大把阳光息在里头。我很好奇他绽放出那样的笑，问他，为什么不出去跟父亲说话？他回我，爸爸知道我很努力的。我轻轻叹一口气，在心里。有些感动，又有些感伤。并不认为他，可以改变自己什么。

学期要结束的时候，学校组织学生手工竞赛，是要到省里夺奖的，这关系到学校的声誉。平素的劳技课，都被充公上了语文、数学，学生们的手工水平，实在有限，收上去的作品，很令人失望。这时，却爆出冷门，有孩子送去手工泥娃娃一组，十个。每个泥娃娃，都各具情态，或嬉笑，或遐想，或跳着，或打着滚，活泼、纯真、美好，让人惊叹。作品报上省里去，顺利夺得特等奖。全省的特等奖，只设了一名，其轰动效应，可想而知。

学校开大会表彰这个做出泥娃娃的孩子。热烈的掌声中，走上台的，竟是黑黑的他——那个耳聋的孩子。或许是第一次站到这样的台上，他神情很是局促不安，只是低了头，羞怯地笑。让他谈获奖体会，他嗫嚅半天，说，我想，只要我努力，我总会做成一件事的。刹那间，台下一片静，静得阳光掉落的声音，都能听得见。

从此面对学生，我再不敢轻易看轻他们中任何一个。他们就如同乡间的那些草们，每棵草都有每棵草的花期，哪怕是最不起眼的牛耳朵，也会把黄的花，藏在叶间，开得细小而执着。

他和一拨人一起去爬山。

起初都是兴致勃勃着的，他们一路上赏花赏草，听泉水叮咚，谈笑风生。可爬着爬着，就觉得无趣了，又累又单调。朝上望望，望不到顶，山峰似在云端，那么遥遥。

山顶上有人下来，一个个走得气喘吁吁。

"山上可有什么好玩的？"他们停下来相问。

答："没有，只一座破庙而已。"

这么辛苦地攀爬上去，只为了看座破庙？他们中有人动摇了，放弃了攀爬，留在半山腰，拍照，——到此一游，留此存证。而后，这部分人满足地转身下山。此趟游山，算是告一段落。

他和另一部分人，继续向山上爬去。越往上，山路越是陡峭，他们爬得近乎虚脱。山顶上又有人下来，走得气喘吁吁的。他们停下来相问："山顶上可有什么好玩的？"

答："没有，只一座破庙而已。"

"哦——"坚持着的这部分人，轻呼一声，站在原地踌躇。他们劝他，上面就一座破庙，有什么看头呢？还不如早点下山去，找家茶馆，喝喝茶，打打牌。

他笑着摇头："不，你们回吧，我还是想上去看看。"这部分人见劝不动他，关照他几句，自行下山去了。他敲敲酸疼的腿，继续走着他的路。

途中，他遇到一只小松鼠。小松鼠跟个孩子似的，蹲在一块石头上，好奇地打量他。他跟它打招呼："嗨，小家伙，你好啊。"小松鼠听懂了般的，冲他点点头。又打量他一回，这才遁入到身后的树丛中去了。

他嘴角含笑，快乐得像回到孩童时代。因这份快乐的支撑，余下的攀爬，竟轻松了许多。

他又遇到两棵奇树。树干是各自生长的，到树梢，却合二为一，像两个贴面拥抱着的人。自然万物，原也各有各的恩爱的。他站着看一回，莫名的感动。

他还遇到一块石碑。石碑上刻的字，已模糊。他弯腰辨认很久，辨认出其中几个字："当年箫鼓，荒烟依旧。"他想到元好问的《雁邱词》，心里好一阵激动。岁月的风雨有几番吹打呢？在这上山的路上，也将印着他的足迹。

他也终于抵达山顶。诚如下山的那些人所言，山顶上的确只一座破庙。年代久远了，僧人的踪迹已无处可寻。他站定在庙门口，看着风吹进敞开的窗户，两眼微湿。浑身的酸疼都可忽略了，他的心里，只有欢喜——他来了，他没有错过。

有对上山来的年轻人看到他，非要拉着他合影不可。"老人家，您真不简单，您能爬上这么高的山。"他们说。一左一右簇拥着他，笑对镜头，说回家之后，要把这张合影，常拿出来看看。这年，他七十有五。

他是在一次聚会时，遇见我，给我讲这个故事的。八十岁的人，看上去，不过六七十，话语铿锵，精神饱满。故事却平淡着，像一杯寡淡无味的白开水，我竟听得怦然心动。

我从他的故事里，读懂了两层含义：

之一，不管怎样的坚持，总会有所收获的。

之二，坚持到底，就是胜利。

我以为，一些干涸的心灵，是需要这杯白开水润泽的。

老画室

我在宾馆等车。

约好上午十点的车，来送我离开丰县，此次的丰县之行，算是告一段落。残联的负责人突然托人约见我，问，能不能见一见刘社会？

刘社会是他们树立的典型。四岁时因患小儿麻痹症，导致左下肢残疾，走路极不利索。正是这样一个人，却两次奋不顾身，跳下冰水里去救人性命。

这种事迹——多少有些宣传的味道，不喜，我当即拒绝。却被他们送来的画册吸引，里面夹了数张画作，印成明信片大小。上面有树有花，有河流有草地，也有村庄和孩子。都以明黄色作底子，看上去又温暖又静好。

那种温暖打动了我，我问，谁画的？

答，就是这个刘社会啊，他经营着一家老画室的。

我要去看！我几乎不假思索。会不会因此延误了火车，都不去管了的。

于是，我见到了老画室。

乍见之下，实在意外，是因为，它太袖珍了。它的左边是家杂货铺，右边是家修理铺，店铺都很大。它挤在中间，委实瘦弱，面积绝不会超过十个平方米。

老画室的主人——刘社会，打老远就迎上来。这是个五十岁上下的男人，他穿一件普通得不能再普通的酱黄色外套，头大，身子小，其貌不扬。他冲着我笑，有些拘谨。若不是陪同的人介绍，我很难把他跟艺术扯上边。

老画室里却乾坤大。墙上挂满画作，地上堆着画作，椅子上架着画作。有他画的，有他的弟子们画的。都是温暖系的，大自然、村庄、孩子，那是他们取之不竭的源泉。他说，我喜欢画这些，我喜欢那种宁静和美好。

已是桃李遍天下了。弟子们都出息得很，全国知名的美术院校，几乎都有他弟子的身影。他先后培养出八九十个美术高材生。说起这个，他脸上有骄傲色，笑个不停，是欣慰，也是幸福。

曾经，却是在不幸里跌打滚爬着的。四岁时的那场灾难，注定了他一辈子与残疾为伍。他受过多少的冷落欺凌，只他知道。这些，都可以忽略不计了。最大的打击，是他高考那年，他考上了南京师范大学，满心欢喜地等着通知书入学，却因他是残疾，体检不合格，而被拒之门外。

那时，一个清贫的农家子弟，最大的希望和出路，就是上大学。这条路，对他来说，却完完全全给堵死了。老家的那几间土屋接纳了他，他守在那里，用手里的画笔疗伤。他画啊画啊，画出了一个"老画室"。县城一隅，这么不起眼的一小块地方，放他的艺术梦，足够了。

越来越多的人，知道了老画室，知道了他。不断有孩子被送来，跟他后面学画画。他自定一条规定，残疾孩子一律免费。

他的爱情，也因此降临。

女孩是他的学生，仰慕着他的才华，敬佩着他的为人，一日一日，情愫暗生。女孩在他的悉心栽培下，考入苏州美院，学成，没留在那座粉艳艳的城，而是回到了清贫的他的身边，与他携手。他们拥有了两个漂亮的女儿，一家四口，其乐融融。老画室里挂着他画的小女儿像，白衣红裙的少女，像蓓蕾初放。他自豪地介绍，这是我小女儿，今年读初中二年级了。

这个生在刘邦故里，叫刘社会的男人，有着不服输不认命的个性，他凭借自身的奋斗和努力，活出了属于他的精彩人生。他让我想起一句很哲理的话，你若不走近门，门不会为你打开。而那种叫幸福的东西，往往就守候在门外。

一朵栀子花

　　从没留意过那个女孩子，是因为她太过平常了，甚至有些丑陋——皮肤黝黑，脸庞宽大，一双小眼睛老像睁不开似的。

　　成绩也平平得很，字迹写得东扭西歪，像被狂风吹过的小草。所有老师极少关注到她，她自己也寡言少语。以至于有一次，班里搞集体活动，老师数来数去，还差一个人。问同学们缺谁了。大家你瞪我我瞪你，就是想不起来缺了她。其时，她正一个人伏在课桌上睡觉。

　　她的位置，也是安排在教室最后一桌，靠近角落。她守着那个位置，仿佛守住一小片天，孤独而萧索。

　　某一日课堂上，我让学生们自习，而我，则在课桌间不断来回走动，以解答学生们的疑问。当我走到最后一排时，稍一低头，我突然闻到一阵花香，浓稠的，蜜甜的。窗外风正轻拂，是初夏的一段和煦时光。教室门前，一排广玉兰，花都开好了，一朵一朵硕大的花，栖在枝上，白鸽似的。我以为，是那种花香。再低头闻闻，不对啊，分明是我身边的，一阵一阵，固执地绕鼻不息。

我的眼睛搜寻了去，就发现了，一朵凝脂样的小白花，白蝶似的，落在她的发里面。是栀子花呀，我最喜欢的一种花。忍不住向她低了头去，笑道："好香的花！"她当时正在纸上信笔涂鸦，一道试题，被她肢解得七零八落。听到我的话，显然一愣，抬了头怔怔看我。当看到我眼中一汪笑意，她的脸色迅速潮红，不好意思地嘴一抿。那一刻，她笑得美极了。

余下的时间里，我发现她坐得端端正正，认真做着试题。中间居然还主动举手问我一个她不懂的问题，我稍一点拨，她便懂了。我在心里叹，原来，她也是个聪明的孩子呀。

隔天，我发现我的教科书里，不知什么时候多了一朵栀子花。花含苞，但香气却裹也裹不住地漫溢出来。我猜是她送的。往她座位看去，便承接住了她含笑的眼。我对她笑着一颔首，是感谢了。她脸一红，再笑，竟有着羞涩的妩媚。其他学生不知情，也跟着笑。而我不说，只对她眨眨眼，就像守着一段秘密，她知道，我知道。

在这样的秘密守候下，她发生了翻天覆地的变化，活泼多了，爱唱爱跳，同学们都喜欢上她。她的成绩也大幅度提高，让所有教她的老师，再不能忽视。老师们都惊讶地说："呀，看不出这孩子，挺有潜力的呢。"

几年后，她出人意料地考上一所名牌大学。在一次寄给我的明信片上，她写了这样一段话："老师，我有个愿望，想种一棵栀子树，让它开许多许多可爱的栀子花。然后，一朵一朵，送给喜欢它的人。那么，这个世界，便会变得无比芳香。"

是的是的，有时，无须整座花园，只要一朵栀子花。一朵，就足以美丽其一生。

我用我的明媚

等着你

　　她是我在住院时认识的。因阑尾发炎，我住了一些日子的医院。一个病房同住的，是她和她的丈夫。一次意外的交通事故，她的丈夫，被撞成重伤。经过抢救伤好了，人却沉睡不醒。医生说，可能要变成植物人。

　　这样的灾难掉到谁身上，谁都要呼天抢地一番。从此，愁云笼罩，天崩地塌，生活中再没有欢乐。然我见到她时，却委实吃了一惊，她太时髦太漂亮了。初冬的天，她一袭薄呢裙，脸上化着淡妆，口红却抹得鲜艳，像朵开得正好的花。长头发盘在头上，刘海鬈鬈的，覆在额前。显然经过精心打理。

　　她在病房内唱歌，唱得很欢快。她讲很多的趣闻，说到开心处，兀自大笑不已。大家看她的眼神，就有些怪怪的。背后没少议论，说这个女人没心没肺，丈夫都这个样子了，她还有心思打扮说笑。也预言，过不了多久，她肯定会抛夫另嫁。她有这个条件，人长得好看，也还年轻，据说，还有一份不错的工作。大家对睡在病床上、毫无知觉的她的丈夫，便抱了极大同情，不停感叹，夫妻本是同林鸟，大难临头各自飞。

倒是她，仿佛对眼前的不堪视而不见。每天，她总要抽出一些时间，溜出医院去。回来时，手旦准会带回一些"宝贝"——淘来的衣，丈夫的，她的。或一些打折的首饰。或者，搬一盆花回来，一路灿烂着。花被她安放在病房的窗台上，精神抖擞地开着，或红或黄，把一个病房，映得水红粉黄。

午后时光，人犯困。她把淘来的"宝贝"们披挂在身，在我跟前走T型台步，脸却朝向她的丈夫，频频笑问，你看我漂亮吗？很漂亮的是不？她的丈夫自然没有反应，她却乐此不疲地走着她的T型台步，乐此不疲地问着这些话。

深夜，我一觉睡醒，发现她不在病房内。我推开阳台的门，看见她坐在阳台上，望天。月到中天，淡淡的月光，在她身上，镀一层银光。她看上去，像幽暗深处的瓷器，闪着清冷的光。她听到门响，转过脸来，我看到，一对"明月珠"，坠在她的腮旁。她在哭。

我愣住。她的苦痛，原是藏在深夜里，藏在无人处。她抱歉地对我说，吵醒你了？我说，没。也只能这样安慰她，他会醒过来的，一定会的。

她伸手抹抹眼睛，笑了，说，我知道他会醒的。他喜欢我打扮得漂漂亮亮的，他喜欢我开开心心的，所以，我要打扮得好看些，等他醒过来。

为之动容。再看月下的她，身上就有了圣洁的光芒，绵长绵长的。

两星期后，我出院。她送我到医院门口，把一款淘来的挂件，塞到我手里。告诉我，配了怎样的线衣，会好看。她像对我说，又像对她自己说，无论什么时候，都要漂亮啊，这样才会有好心情，好好活。

　　这以后，也偶有联系，我打电话去，或她打电话来。每次电话里，她都兴高采烈地向我描绘，她穿什么衣，她戴什么首饰，她又淘到什么好宝贝了。我的眼前，便晃着一个年轻的女子，刘海鬓鬓的，口红抹得像朵盛开的花。她漂亮得让人仰视。

　　春暖花开时，我把她给的挂件找出来，挂上。配了她说的那种颜色的衣服，果真漂亮。她的电话，在这时突然响起，她喜极而泣地告诉我，他醒了。

　　我笑了。这是我意想中的结果。我从来不曾怀疑过，她一定会用她的明媚，唤醒他。因为生命真正的奇迹，在于不放弃，努力活。

　　我们都叫她陈美女。

　　一团九个人游香港，分别来自内地六个地方，完全的散兵游勇。接团的内地导游小何，显得很是不情不愿，一路之上，他吝啬着他的笑，照他的说法，这么小的团，他还是第一次带呢，旅游公司明着要吃亏。

　　我们看着他，都不吭声，暗暗有些悔，早知道，跟个大团也好，这人生地不熟的，怕是要被拉去强行购物，怕是要被中途扔下车，——这样的事，以前在新闻报道里看到过。我们正心思百转不得法，小何却突然宣布，底下的行程，将由香港地陪陈小姐来负责。一时间，人人都喜上眉梢，真是柳暗花明呢，女导游总比男导游容易相处。

　　车停，她走上来，我们都没在意，以为她走错了，——游客上错车的现象是有的，我们当她是游客。却见她满面笑容向我们问好："嗨，大家辛苦啦！欢迎来香港啦！我姓陈，接下来的行程，将由我来安排，你们要叫我陈美女哦。"她这么说着，兀自笑起来，沙哑着喉咙补充道："不管多老的男人，也都是帅哥啦，不管多老的女人，也都是美女啦，人活得就是个心态啦。"我们愣愣看着她，真的很吃惊。她的年龄也有六十好几了吧，满脸褶皱，短而稀的头发上，斜别一枚红发夹，一件红碎花衫套着——与我们想象中的香港女子，实在是相差了十万八千里。

我们有些失落，这样一个老阿婆，要做我们的导游，对余下的行程，我们简直不抱什么奢望了，一时间都沉默下来。她却不停地抱歉着，说她刚带了两个团，嗓子搞坏了，不能说太多话了。却没见她少说话，车过之处，这里，那里，她哑着嗓子，一一介绍，很快把我们的兴致调上来了，车子里现出活泼来，大家开始有说有笑。

香港的路窄，却不显拥挤，路边植有大棵的花树，上面开满大朵紫红的花，俏立着的有，调皮地倒挂着的有，粉面朝天的有，引颈远眺的有，五瓣一朵，各具神态，朵朵热烈。我惊讶着，这什么花，这么漂亮！她很有些自豪地介绍："这是香港的市花哦，洋紫荆，我们香港人都喜欢这花，它能从初冬一直开到来年的春末呢。"

便以为她是土生土长的香港人，却不是，十八岁那年，她从福建老家，跟人辗转来到香港，吃了一顿饱饭后，她就决定留下来。"那时，我想，哇，这里可以吃饱饭啦，多好啊！"她笑了，说，"现在内地的发展要比香港快啦，想买什么也都能买到。"有人就逗她："如果现在让你选择，回内地，或是继续留在香港，你怎么选？"她不假思索答："当然香港啦，我的家在这里啦。"

四十平方米的房子，小，转身也难，却是她全部的爱恋，结婚成家，生儿育女，都在这所房子里。"香港人退休了，是不愿待在家里的，都出来找事做。房子小啦，待家里也没意思啦。"她哈哈笑，乐得很："你们看一些服务行业，很少看到年轻人的啦，都是老年人在做。像我，也是退休后才做导游的，我做得很好呀，我们都是做不动了才不做呢。"

后来，大家留意观察，果真是。餐馆里，从收银的，到上菜的，到洗汰的，全是阿公阿婆级的人。景区里搞环保的，也都是些阿公和阿婆，个个精神抖擞，健康明朗。卖水果的阿婆，水果论个卖，论堆卖，十个橙子十港币，一堆香蕉五港币。阿婆笑眯眯坐在一棵洋紫荆下，看见我们，小哥小妹地招呼。她头顶上的洋紫荆，只管开着。哪怕只剩下最后一瓣，也还在枝头明艳，不开到彻底凋谢，绝不退场。

旅游合同上写着，最后一天自由活动，然后各人自行返回深圳。有的人已先行离开了，有的人去了澳门，剩下我和那人，陈美女的导游任务也就结束了。她跟我们握手告别，详细告诉我们返回时，应乘什么什么车，末了她开玩笑说："我也要回家好好歇一天了，美女的嗓子真的吃不消啦。"她满脸的皱纹，笑成一朵紫荆花。

那天，我和那人贪玩，一直玩到天黑，才出了迪士尼乐园大门。我们走很远的路，去停在那儿的旅游巴士上取行李，却意外看见陈美女等在那里，在一树的洋紫荆下。司机告诉我们，她已等了大半天了。她只轻淡地笑了下："也没有啦。""有个事忘了对你们说呢，有一辆地铁下来后，是要转到下面去的。"她手上捏一张纸，上面密密地画着路线图，标着我们要上下的站台。在哪里上，在哪里下，在哪里要跑到对面去，在哪里又要乘电梯下去，她都特别标注了。"如果还不清楚，就给我打手机，我的手机一直开着的。"她叮嘱道。

我们去乘地铁，路不难认，因为地铁上都有显示屏，哪站哪站，开往哪里，不断有语音提示，她写的纸条，成了多余。然我还是紧紧攥在手上，不时对照着看，她标注的，分毫不差。

晚上八九点的时候，我们毫无悬念地到达罗湖口岸。在等安检时，我给她发了一条信息："陈美女，遇见你，遇见花。真的很谢谢你，我们已安全抵达。"她很快回复："到了就好。"一点也不诗意。我看着看着，眼睛里，却慢慢升起一层水雾。

女人
如花

　　她居然叫如花，王如花。别人唤她："如花，如花。"乍听之下，以为定是个闭月羞花之貌的小女子。而事实上，她快五十岁了，人长得粗壮结实，脸上沟壑纵横。

　　最感染人的是她的笑，笑声朗朗，几里外可闻。我最初是因她的笑注意到她的，一群人中，她的笑，如金属相扣，叮叮当当。

　　门楣儿不惹眼，是一间旧房子，上悬一块木牌：家政服务中心。一屋的人，不知说起什么好笑的事，惹得她笑得上气不接下气。看到我在看她，她的笑并未停住，而是带着笑问："小妹子，你需要什么服务？"说话间，她已掏出她的名片，递到我跟前。

　　这委实让我吃一惊。低头看她的名片，"王如花"三个字，醒目得很。底子上印一朵硕大的红牡丹，开得喜笑颜开。背面的字，密密的，从做家务活到护理人，她一一道来，似乎样样精通。当得知我只是需要清洁房子时，她手臂有力地一挥，爽朗地笑着说："这事儿简单，包在我身上，我保管帮你把房子打扫得连颗灰尘粒儿也找不着。"

当日，她就带了两个女人到了我家。一个年纪轻的，她说是她侄女，大学毕业了一直没找到工作。"干这个也挺好的，小妹子你说是不是？"她笑着问我。一个年纪稍大一些的，她说是她妹妹。"在家闲着也是闲着，我让她来搭搭手。"她乐呵呵说。

我看看楼上楼下，这么大一个家，我充满疑虑，我说："你们行吗？"王如花哈哈大笑起来，她说："小妹子，你放心吧，我说行。"

她果真行。不到半天时间，我家里已大变样，窗明几净，地板光鉴照人。她额上沁满汗珠，笑声却一直没停过。她说："小妹子，我说个笑话你听啊，有次我去一户人家，男主人叫人把煤气罐从楼下扛到六楼去，一看是我，他说，咋不叫个男的来？我说，我先试试。我扛了煤气罐就上了楼，他单身人跟后面追都追不上。"

跟我说起她的故事来，她也一直笑着。男人因病瘫痪在床，都十多年了。唯一的儿子，跟了人学坏，被判刑入狱，现在还待在牢里。她去探监，跟儿子说了这样一句，儿子，妈妈会陪你重活一次，就当重生养你一回。说得儿子眼泪汪汪。

她说："小妹子，我儿子会学好的。"

她说："只要人在，日子会好起来的。"

我点头，我说："我信。"

她的活干得利索，收费也公道。结完账，我把清理出的一堆废报刊，送给了她。她很开心，冲我朗声笑道："小妹子，以后你家里有事需要我，你只要打我名片上的电话，我保管随叫随到。一回生，二回熟，我们以后就是老朋友了。"

我因她那句老朋友的话，独自莞尔良久。

小城不大，竟常遇到王如花。遇到时，她老远就送上朗朗的笑来，热情地跟我打招呼。有时，我在前面走着，突然听到后面的人群里，有人叫："如花，如花。"尔后，我听到一阵笑声，如金属相扣，叮叮当当。不用回头，我知道那准是王如花，心里面陡地温暖起来，明媚起来。

Chapter

5

盛夏的
果实

白茶花

有些故事的开头，并无奇特，寻常得就如一日三餐。

他遇她，便是如此。

她在他下班回家的必经之路上，摆摊卖炒货。他路过若干次，有时会扭头看看，有时不看。只当路过一棵树，一幢房子。

但到底落进眼睛里了，有了印象。一次，商场里相遇，他在挑衣，她也来挑衣。商场的灯光，打在她的侧脸上，柔粉一样的。让他想起月下的花蕾。他看了一眼，再看了一眼，觉得眼熟，却想不起在哪里见过。

他在脑子里盘旋了好久，终在下电梯时想起来，她是那个摆摊卖炒货的。

不知出于什么心理，隔天，他下班回家，拐去她的摊子上，买了十块钱的炒瓜子。

她低头，麻利地给他称重装袋。他不错眼地看着，她的侧脸，看上去真是温婉。她抬头，碰到他的目光，回他一个浅浅的笑，把袋子递给他，说，走好啊。

他"哦"一声。她的声音，也是好听的。

瓜子他不爱吃，他给了母亲。母亲挺奇怪，问他，怎么突然想到买这个带回来给我？他笑笑，不做解释。

之后，他再经过那里，就很留意地看她。她的摊位上有时很忙，簇满了人。他的眼光越过人群，会看到她的侧脸，花蕾一样的。有时，她闲着，手上捧一大幅十字绣，在绣。静好得像一幅画。偶尔抬头，目光会与他的相遇，蜻蜓点水般的，无甚特别。他想，她是不记得他的了。也只这么想想，并没有想过，他与她，会有什么交集。

日子就这样翻过很多页去，波平浪静的。那天，他去省城出差，事情办得差不多了，就到省城最热闹的街市区去逛。人群里，突然瞥见她。没错，那一低头的温婉，让他想到月下的花蕾。

她抬头，看见他，很意外地"啊"了一声，是见着老熟人的表情。

后来，她告诉他，是早就"认识"他了的。

因为，每天都看见你走过我那里啊。天天走着的，也就那么些人。她低头，笑。想一想，又说，你很特别呢，你与那些人不一样的。

他听着，很受用。有些虚荣了，追问，是怎样的不一样呢？

她答不上来，只是笑着嘟哝，不一样就是不一样嘛。

那天，她是陪要出嫁的表姐，来采购结婚用品的。表姐被一帮同学拉去玩了，她落了单，出来走走。他们一起逛了不少地方，说了不少话。傍晚，天冷，他把外套脱下来给她披。分别的时候，他执意让她先穿着，说等回家了再还。

改天，她还他衣裳。他发现，袖口上，被同事的烟头烫出一个小洞的地方，多了一朵花。是朵小茶花，白色的。一针一线绣上去的。他动了心。他其实，早就动了心的。她那低头一笑的温婉，很出尘。

悬殊是明摆着的。他多优秀啊，家境优越，父母都在政府机关，他本人亦是名牌大学毕业，有着一份让人艳羡的工作。在婚恋对象上，他左挑右选，尚没找到合意的。她呢，不过是个乡下小丫头，不曾念过大学，跑来城里投奔亲戚，摆摊卖炒货。老家也给相了一门亲，是个搞装潢的小木匠，只等着她年底回家，就把亲事给定下来。

他们的交往，历尽艰难险阻。最后，他不惜跟家里闹翻，搬出来和她一起住。她感激他，一句许诺，重过千金，她说，这辈子，就算吃糠咽菜，我都跟定你了。

结婚才两个月，他出事了。严重的车祸。虽大难不死，他却成了植物人。

她没有哭天抢地，只是不住地祷告上苍，谢谢，他还在。谢谢，他还在啊。

一年，两年，五年，十年，十五年，她守在他身边，不停地呼唤着他。

她早早告别了青春，变成一中年妇人。他躺在床上的容颜，却一如当年，眉目疏朗，轮廓分明。所有见到他的人，都直呼奇迹。他能活过这么多年，已是不易。更不易的是，他活得竟是这么的好，身上没有一块褥疮，肌肉没有一点点萎缩。

　　在他躺下的第十六个年头，他终于，慢慢苏醒。他开口说话了，梦呓般吐出两个字，茶花，茶花。那是她绣在他袖口上的茶花。还有，那是她的名字，茶花，白茶花。很俗气。却一直在他混沌的世界里，芬芳着。

花向美人头上开

炎夏里，买一盆茉莉花放家里，最是合宜。

装它的盆子不必讲究，瓦盆子可以，泥盆子亦可以。碧绿的枝叶，簇拥着莹白莹白的几粒花骨朵，小，小得如同米粒一般。却不容你忽略，它总是这朵开了，那朵又冒出来，源源不断，香气四溢。仿佛那颗小小的心，是在香粉里打过滚的。当你从暑热里归家，打开家门，一股子的香，带着清凉甜蜜的气息，不由分说游向你，攀爬上你的唇、鼻子、眉头，直到，心。

满身的燥热，就那样渐渐退去。你安静下来，与一盆茉莉花相望，日子里，有了缠绵不绝的意思。年迈的婆婆给茉莉花浇水，欢喜地问："这什么花呀，这么小，却这么香。"你告诉她："这是茉莉花啊。"她跟着重复："哦，是茉莉呀。"眼光疼爱地落在花上面。第二天，她必又要问："这什么花呀，这么小，却这么香。"

年老的人，记性不好了，在一盆花上纠缠。你愿意她如此纠缠着，愿意十次百次地回答她："这是茉莉花啊。"缘分，把两个原本不相干的人，聚拢到一个屋檐下，一日一日地，成了不舍。这是亲情，是茉莉花一样芬芳的情分。

国人喜茉莉花，源远流长。早在晋代，就有"倚枕斜簪茉莉花"的风尚。到了唐宋时期，更是有过之而无不及，长安大街上，冷不丁的，就能撞到一个头簪茉莉花的女子，满身香气盈盈，漫天的暑热隐退到一旁。"荔枝乡里玲珑雪，来助长安一夏凉"，说的就是这样的事。元代诗人江奎对茉莉花也是青睐有加，他在《茉莉》一诗中夸赞道："虽无艳态惊群目，幸有清香压九秋。应是仙娥宴归去，醉来掉下玉簪头。"瞧瞧，小小的茉莉花，原是仙姑掉下的玉簪子啊，仙气浸染，岂是等闲。

到了明代，人们不单单争相种植茉莉花，还把它编了小调唱："好一朵茉莉花，好一朵茉莉花，满园的花草香也香不过它。"从南京唱响的这曲《鲜花调》，六百多年后，成了闻名遐迩的江南民歌《茉莉花》。

清人王士禄也写过《茉莉》："冰雪为容玉作胎，柔情合傍琐窗隈。香从清梦回时觉，花向美人头上开。"一觉梦回，花香环绕，恍惚得不知梦里梦外。四处找寻，最终在自个儿头上寻得，发间原是簪了几朵茉莉花的。花衬美人美人衬花，还有比这更相宜的吗！

梅雨过后，小城的路边，卖茉莉花的渐渐多起来，夹杂在一些蓊郁的植物里，一点一点的白，像飘落的雪花。有小女孩牵了妈妈的手，蹲过去细看，问："妈妈，这什么花呀？"妈妈答："这是茉莉花呀。"小女孩伸了鼻子去闻，忽然惊喜地叫起来："妈妈，好香啊，它的味道，像茉莉花茶。"

哑然失笑，心里荡过花香般的感动。这应是最最恰当的比喻了，它香得很像它自己。唯其如此，才让世世代代的人，矢志不渝地喜欢着。

因病，在家蛰居多日，直到满眼春色，扑到窗前，收不住脚了，一脚跌进我的小屋来，我才惊觉，春来了。

是春了。虽是连续的雾霾天，却挡不住生命的涌动。吹进屋内的风，变得轻软暖和。洒在窗台上的阳光，有了翠意。鸟的叫声，明显地多了起来。仔细听，那里面，有燕，还有莺。你也仿佛听到河床破裂的声音。万物萌动的声音。哗哗。噗噗。一个世界坐不住了，该发芽的，发芽了。该开花的，开花了。

那人下班回来，折一枝柳带回。"你看，柳都绿了。"他报喜似的，把它举我跟前。

感谢他，赠我一枝春。俗世里，我们也只是这样一对平凡的夫与妇，一日三餐，家常稳妥。没有海誓山盟，也不见富贵荣华，却能一同分享着春的秘密。

是的，这是春的秘密。早在二月细雨料峭时，春其实已经来了。它笑的影子，轻轻一闪，闪进一丛柳里面。不几日，那光秃秃的柳枝上，率先爬上嫩黄的芽儿，柔嫩细小得你完全可以忽略了。遥看似烟，近看却无——这才是春的本事。它把自己藏得严实，原是想给这个世界一个惊喜，也只待一夜春风起，便绿它个大江南北。

人间第一枝，当数柳。

我找一洁净的瓶子，把这枝柳插进去，我的书房里，便都摇荡着春的好意了。闭着眼，我也能感觉到，那河边的嫩黄与新绿，该如何堆积成烟。

烟？这真是个好字。是谁最先想出用"烟"来形容春柳的呢？我觉得，再没有一个字，比"烟"更能配春柳的了。这个时候的柳，也轻，也软，不胜风，真的就如丝丝淡烟，袅娜多姿。杜甫有诗云："秦城楼阁烟花里，汉主山河锦绣中。"柳烟缭绕，城楼掩映其中，这春色不用看，单单想想，也诱人得很了。而郑思肖有诗句："遥认孤帆何处去，柳塘烟重不分明。"我觉得更富情趣。这里的柳烟，堆砌出繁茂之势，却不显笨重，有的只是浓酽，不饮也醉。是让站着看的人眼睛先醉了，如何分得清扬帆远去的船只啊，它分明已和眼前的春色融为一体了。

古人好折柳相赠，多为离别。像鱼玄机的："朝朝送别泣花钿，折尽春风杨柳烟。"不知此一别何日相见，只愿君心似柳心，年年青青。这里的春柳，绊惹上人间情思，离别已成定局，无法挽留，然可以把我最好的祝福，别在你的襟上，一枝柳，就是我送你的一个春天。请把春天带上吧，从此，一路的草，都将为你而绿。一路的花，都将为你而开。

佛教里普度众生的观音，一手持净瓶，一手拿柳枝，洒向人间都是爱。我觉得菩萨手里的这柳枝有意思，换成别的任何一种植物，都不恰当。唯这人间第一枝的春柳才与净瓶相配，那是初生的春，新嫩，洁净，纯粹，充满无限希望。

我的乡下，到清明，孩子们有簪菜花和柳的风俗，为的是避邪。孩子们不懂什么避邪不避邪的，他们只晓得，人生的一大乐事里，这也算得上一件。"清明不戴杨柳，死了变黄狗。"这歌谣每个孩子都会唱，他们一边唱着，一边攀柳，编成小帽，戴在头上。他们快乐地迎着风跑，一年的春好处，就在孩子们的头上荡漾着了。

等一个
月亮

　　我被一个月亮吓着了，那么大一个，亮澄澄的，像朵丰腴的白莲花。周围空无一物，云不见一朵，星星没有一颗，它就那么"开"在半空中，寂然欢喜。

　　这是寻常的夏夜。各家都大门紧闭，窗帘拉严，冷气打得足足的，把月亮隔在门窗外。我亦如此，膝上搁块毛毯，在灯下读书，读到一首好诗：

　　妹，我们就种一小片云南／自己播种，自己收获／在坡地上，种草，种烟叶／种小白兔，种大象、森林和苍茫……

　　我怔住，在这些含着清香的字眼上转悠，突然想种点什么。

　　譬如，种一丛小花。让它开出星星点点的颜色，在南来北往的清风中鲜妍。

　　或是种点青葱。在做菜的时候，往每只碗里搁一小根，绿绿的，香香的，像鱼一样游。

要不，就随便丢下一把种子吧，长草长花，悉听尊便。它们会让一小撮泥土，产生奇迹，活色生香。

这是种欢喜，种等待，种希望，种幸福。在少有传奇的人生里，我们总要种点什么，日子才有趣味，才会变得绵长。

我一刻也坐不住了，起身下楼，打开门，在小院子里寻泥盆。就在这时，一捧的月光，不由分说扑向我，迅捷把我淹没。我心里惊疑，有月吗？一抬头，便逢着了一个硕大的月亮，在我的头顶上方，殷勤探望，它光洁柔嫩的面庞，清澈得如一张少女的脸。

我简直不能动弹，就那么傻傻地立在小院当中，看着它。我的身前身后，满淌着银色的月光，粼粼，粼粼。彼时，清风不动，四周俱寂。

我真想唤醒一些人，来啊，快快推开你们的窗，看看外面这美丽的月亮！

细细想来，有点冤，我们一生中，错过了多少这样的月亮，辜负了多少这样的良辰美景？一年一度，我们盼着过中秋，好赏月，好念苏东坡的诗：

暮云收尽溢清寒，银汉无声转玉盘。此生此夜不长好，明月明年何处看。

瞧，苏东坡都说了，此生此夜不长好的。我们以为，月亮也只有那夜才叫美。我们劳师动众，精挑一块靠近河岸的草地，旁有桂花树几棵，然后一圈人坐下来，吃着月饼，看一个大大的月亮爬上来。月影飘摇，暗香浮动，我们心里满溢的，是对月亮的赞叹。也有人为赏中秋月，不惜重金，坐了飞机飞去某风景区，在山上住下来。说是山中月色，别有风味。

原来，我们都被习俗蒙蔽了。哪个月夜，月亮不是绝美的？山中也好，平原也罢，它不欺不瞒，一样把光辉均洒。只要有心，每个月夜，我们都能重逢到欢喜和美。我们却用墙，用门，用窗，把自己囚禁，把月亮和自然隔绝在我们之外。我们不知道花开得好，风吹得软，不知道鸟的啁啾，云霞的绚烂，我们逐渐变得麻木、淡漠、呆板，无有生机。

　　还好，我遇见了今夜的月亮。从此，有月的夜晚，我必会打开窗，静静地，等一个月亮。

四季海棠

我站在邻居家的院门前，看花。

那里长一蓬我不认识的花。满铺的小圆叶之上，碎碎的花瓣，抱成一团，朵朵红艳，实在好看。

邻居说，这是四季海棠啊。

你要吗？她热情地相问。我尚未答话，她已弯腰，"咔嚓"一下，掰下一枝来——我都替它疼了。

邻居说，只要插到土里，它就能活。

依言插到土里。不几日，这一枝四季海棠，竟变成了一大棵，生出无数的枝枝丫丫来。又过些日子，一棵变成了很繁茂的一簇，把整个花池都撑满了。

它开始安安心心地开花。也不急，一次只开一两朵，一瓣一瓣、慢慢开，总要等到五六天后，一朵花才全部开好，每瓣都红透了。看着它，我总觉得它像极会过日子的小主妇，节俭简朴，细水长流。

有时，我一连好些天忘了看它，再去看时，它还是那副气定神闲的样子，不紧不慢地开着它的花，一捧的肥绿，托着两三团艳红。时光在它那里，仿佛泊在老照片里的一缕月色，静谧而悠长。

霜降过几回，都有冰冻了。耐寒的菊们，也萎了精神。它却仍枝叶饱满，花开灼灼。路过的人会惊奇地说一声，瞧这海棠！肃杀清冷的日子，变得不那么难挨了。

油菜花

我们该为一些花鼓掌。

譬如，油菜花。

春天，我把吃剩的半棵油菜，随手丢在水碗里，想不到它竟在水碗里兀自生长起来，碧绿蓬勃，欢欣鼓舞。

我觉得有趣，搬它至窗台，那里，春风几缕，日日眷顾。三五日后，它撑出一撮一撮的花苞苞，精神抖擞着。再一日，我早起，看到的竟是一碗的黄灿灿，——我水碗里的油菜花，已在不知不觉中，悄悄绽放了。

那是怎样的一种盛放啊，如井喷如泉涌，不管不顾，酣畅淋漓，是把整个心都捧出来的一场燃烧。虽远离原野，可它却一点也不沮丧，不气馁，拿水碗当舞台，一招一式都丝毫不马虎，瓣瓣染金，朵朵溢彩。

我在屋里转一圈，就又凑到它的跟前去了。什么时候见它，它都是一副热心肠，捧出所有的金黄，是恨不得为你粉身碎骨的。所有的油菜花，原都是女中豪杰。

我很想向一朵油菜花学习，纯粹而热烈地活上一回，不辜负春风，不辜负自己。

葱兰

葱兰这名字叫得好，又像葱又像兰。叶是葱绿，花是素白，墙角边蹲着，一排。或在花坛边立着，一圈。不吵不闹，安静恬淡，如乖巧的小女儿。

起初谁会注意到它呢？野草一般的，相貌实在平平。

我去收发室取信，路过图书楼，阴山背后就长了这么一棵棵。日日晴天，它却分享不到一点阳光，但它好像并不在意，照旧欢欢喜喜地生长着，绿莹莹的，如葱如韭。

后来的一天，花开了，小小的白，小白蛾似的，层出不穷地冒出来。在人的心上，扇动起讶异和温柔来，哦，它真是美！屋后的阴影，被它映照得一派明媚。

我摘一朵，带给收发室的大姐。大姐驼背，身体变形得厉害，据说是年少时一场病落下的。换作别人，早就自卑得不行，可她却活泼开朗，喜欢穿鲜艳的衣裳，喜欢摆弄头发，发型常换。每回见她，都是快快乐乐的，让你再灰暗的心，也跟着明快起来。

大姐把我送的花，很爱惜地用水杯养着。隔日再去，我人还未到近前，她就高兴地告诉我，你送的花还在开呀。去看，果真的，一小朵的白，在水杯里，盛放着，丝毫不减它的秀美。

它还有个别称叫韭菜莲，韭菜一样碧绿青翠，莲一样不蔓不枝，清新脱俗。亦是很形象很贴切。

婆婆纳

每次看到婆婆纳，我总忍不住要笑，是会心一笑。像见到一个可爱的人。

不管它只身在哪里，我都能一眼认出它。在云南的玉龙雪山上，在辽宁的冰峪沟里，或是在我的花盆中。花盆里一株杜鹃开得灼灼，它趴在杜鹃根旁，探着小小的脑袋，蓝粉的小脸，笑嘻嘻的。被杜鹃遮着挡着，亦不觉得委屈。

乡下广袤的田野里，沟边渠旁，到处有它。同属野草类，蒲公英和野蒿，长得又高挑又张扬，在风里招摇。它却内敛得很，趴在一丛茅草中，或是一棵桑树下，守着身下一片土，慢悠悠地，吐出一小片一小片的蓝，如锦，美得一点也不含糊。

我总要在它的名字上怔上一怔。婆婆纳，婆婆纳，是细眉细眼的小媳妇，孝顺，贤惠，一入婆家，就被婆婆喜着疼着。没有华衣美服，没有玉食金馔，也没有姣好容貌，却心灵手巧，踏踏实实，把一段简朴的小家日子，过得红红火火，活色生香。

这世上，多的是平凡人生，只要用心去过，一样可以花开如锦。

木槿

最初读《诗经》，我曾被"有女同车，颜如舜华"之句惊艳。这里的"舜华"，指的是木槿花。如木槿花一样的女子，该是何等美好。

木槿，乡下人不当花，是当篱笆的，院边栽一排，任它在那里缠缠绕绕。它在五月里开始开花，一开就是大半年光景，朝开暮落，白白紫紫，讨喜的小女孩般的，巧笑倩兮，一派天真。现在想想，那时的乡下小院，虽贫瘠着，然有木槿护着，又是多么奢侈华丽。

如今，城里多植木槿，路边，河旁，常能遇见。满目的深绿浅绿中，三五朵紫红，三五朵粉白，分外夺目，让遇见的心，会欢喜起来，哦，木槿呢！

乡下却少有它的踪迹了，喜欢木槿的老一辈人，已一个一个离去。乡下小姑娘来城里，不识路旁的木槿，我耐心地告诉她，这是木槿啊，以前乡下多着的。

这么说着，鼻子突然莫名地有些酸涩。时光变迁，多少的人非物也非，好在还有木槿在，年年盛放如许。

它又名无穷花。我喜欢这个名，生命无穷尽，坚韧美丽，生生不息。

迷恋蔷薇，是从迷恋它的名字开始的。

乡野里多花，从春到秋，烂漫地开。很多是没有名的，乡人们统称它们为野花。蔷薇却不同，它有很好听的名字，祖母叫它野蔷薇。野蔷薇呀，祖母瞟一眼花，语调轻轻柔柔。臂弯处挎着的篮子里，有青草绿意荡漾。

野蔷薇一丛一丛，长在沟渠旁。花细白，极香。香里，又溢着甜。是蜂蜜的味道。茎却多刺，是不可侵犯的尖锐。人从它旁边过，极易被它的刺划伤肌肤。我却顾不得这些，常忍了被刺伤的痛，攀了花枝带回家，放到喝水的杯里养着。

一屋的香铺开来，款款地。人在屋子里走，一呼一吸间，都缠绕了花香。年少的时光，就这样被浸得香香的。成年后，我偶在一行文字里，看到这样一句："吸进的是鲜花，吐出的是芬芳。"心念一转，原来，一呼一吸是这么的好，活着是这么的好，我不由得想起遥远的野蔷薇，想念它们长在沟渠旁的模样。

后来我读《红楼梦》，最不能忘一个片段，是一个叫龄官的丫头，于五月的蔷薇花架下，一遍一遍用金簪在地上划"蔷"字。在那里，爱情是一簇蔷薇花开，却藏了刺。但有谁会介意那些刺呢？血痕里，有向往的天长地久。想来世间的爱情，大抵都要如此披荆斩棘，甜蜜的花，是诱惑人心的媚。为了它，可以没有日月轮转，可以没有天地万物。就像那个龄官，雨淋透了纱衣也不自知。

对龄官，我始终怀了怜惜。女孩过分地痴，一般难成善果。这是尘世的无情。然又有它的好，它是枝头一朵蔷薇，在风里兀自妖娆。滚滚红尘里，能有这般爱的执着，是幸运，它让人的心，在静夜里，会暖一下，再暖一下。

唐人高骈有首写蔷薇的诗，我极喜欢。"绿树阴浓夏日长，楼台倒影入池塘。水晶帘动微风起，满架蔷薇一院香。"天热起来了，风吹帘动，一切昏昏欲睡，却有满架的蔷薇，独自欢笑。眉眼里，流转着无限风情。哪里经得起风吹啊？轻轻一流转，散开，是香。再轻轻一流转，散开，还是香。一院的香。

我居住的小城，蔷薇花多。午后时分，路上行人稀少，带着一份慵懒。蔷薇从一堵墙内探出身子来，柔软的枝条上，缀满一朵一朵细小的花，花粉红，细皮嫩肉的模样。彼时彼刻，花开着，太阳好着，人安康着，心里有安然的满足。

我有好友，远在黑龙江。她喜欢画画，她在画里面画蔷薇，一簇又一簇，却说，可惜，只见过照片上的蔷薇。

忍不住笑，竟有这样的喜欢，不曾谋面却念念于心。我对她说，等我有空了，我会掐一朵蔷薇给你寄过去。

买得一枝
花欲放

六七月的天，在街上走，常常能碰见卖栀子花的。

乡下妇人，篾篮子提着，里面躺着一朵一朵的稠白。为保新鲜，每朵花上，都刚喷了水。绿枝横陈，花朵雀跃其上，水灵鲜活，仿佛就要从篮子里蹦出来，由不得你不心动。

每遇见，我心里总是一喜。我喜欢这卖花的妇人，我想象着她的家，几间简单的小瓦房，房前长一两棵栀子。她养鸡养羊，种着一地的庄稼，日子里，有着辛苦劳碌。可是，却有花在房前，不息地开着。

每日里，她走过花树旁，总要停上一停、看上一看。哦，这一朵开了。哦，那一朵也开了。笑容慢慢爬上她的脸，微风拂过，她的心里，装满香香的高兴。终于，满树的花都开得差不多了，她一枝一枝，细心地剪下来，提到街上来卖。她不是卖花，她是卖香、卖欢喜。

我买一枝栀子带回，放水碗里，或插玻璃瓶子里，清水供养着，就好了。过后，我忙着我的事去，把花的事给彻底忘了。却在不经意一抬头的刹那，有花香扑过来，猛地亲我一口。我一愣神，笑了，记起自己买过栀子的。

有一回，我放水碗里的栀子，沸沸开过一阵后，萎了，我扔掉它，忘了倒水碗中的水，那水碗就一直搁在那儿。那之后，我每回进厨房，总会闻见一阵花香。我奇怪着，哪里来的花香？四处去找，最后发现了，原来是从那只水碗中散发出来的。花虽离去，水却还痴痴保留着花的体香。这个发现，让我惊喜了好久。

初夏，去广东，在一个小城逗留。小城看上去很旧、很凌乱，我在街上走着，想着尽早把事情办完才好。这时候，一乡下农人，担着一担的荷和莲蓬，晃晃悠悠地迎面走过来。他走过一棵木棉树，再走过一墙的爬山虎，阳光的碎影，映在他身上，映在那些花朵上，波光粼粼的。那画面，让我倾倒。我瞬间对那个小城，无比好感起来。

我问那个农人买了一枝荷。他说，插水里面，能开好长时间呢。黑瘦的脸上，笑露出两排洁白的牙。我点头，微笑。后来，我擎着这枝荷去赶火车，几千里路带回，它居然还是鲜活的。我把它插书桌上的玻璃瓶子里，它开了半月有余，也才谢了。

去福建，拥挤的街头，嘈杂的闹市口，热气蒸腾。有山里汉子倚一堵墙而坐，他的跟前，搁着一只红塑料桶，桶里面插满了野姜花，朵朵含苞欲放。卖花的汉子说，山上的，刚采的。一街的腾腾热气，就那样迅速散去，眼前只剩下那一朵一朵的野姜花，带着山野清凉的气息。一衣着简朴的青年人，路过，在花的跟前停下来，他低头看着那些花，犹豫了一会儿，买了一束，捧在胸前。那一刻，卖花的，买花的，俱美好。

曾在一本书里，看到过一句话，记在心上了：哪怕你口袋里穷得只剩下一文钱，你也要花半文钱去买枝花，芬芳你自己。我想，拥有了那样一颗芬芳的心，再糟糕的人生，也会安然走过来的吧。

小夜曲

夜，降临到大森林。

我站在客房的窗口。我看到无数颗星星，在大森林的上空，奇异地亮着。我仿佛听到曼妙的小夜曲，漫溢开来。

森林里的那些树睡了吗？

那些鸟睡了吗？

那些小花呢？那白色的小菊、淡紫的麦冬、紫红的野牵牛、浅粉的一年蓬，和艳丽的红蓼。

还有低空中飞舞着的蜻蜓，和蒲公英亲吻着的蝴蝶，忙着串门的蜜蜂。

还有那野草丛中，红宝石一样剔透着的野草莓，和小紫玉一样安静着的野葡萄。

还有在水面上跳跃着的小鱼。

和从芦苇丛中突然蹿出的白鹭。

连同那个在河边发呆微笑着的老人？

老人是森林里的清洁工。他一边捡拾着岸边的杂物，一边停下来发呆、微笑。顺着他的目光，不远处的草丛中，一只野蜂，正撅着屁股，使劲地吮吸着一颗野草莓。

老人的身后，秋水长天。雪白的茅花，莽莽苍苍。

这会儿，他和它们，都睡了吧？

我也准备睡了。在星星们弹奏的小夜曲里，和草木们一起做梦。

洁净的
光芒

　　梭罗说，每一个早晨，都是一个愉快的邀请，使得我的生活跟大自然自己同样的简单。

　　想着他这句话的时候，我赶紧起床，换上轻便的衣装，出门。我不想辜负了森林的早晨，那愉快的邀请。

　　清晨的林中，没有风。所有的树木，都安静着。连小小一片树叶子，都不擅自舞动。

　　静的力量，有时比喧哗更显巨大，明明济济一堂，却似乎空旷无一物。

　　这样的静，很合我心意。我本就是个不爱说话的人，在能沉默的时候，我坚决不会开口。我以为，人生的很多好光阴，是被淹没在废话里了。很可惜的。

　　我在林中走着。我尽量放轻脚步。我怕惊扰了那些树们，我也怕惊扰了我自己。

树们安静的样子，让我想去一一拥抱它们。灵魂简单清洁的模样，就是这般的吧，只认真地做着一棵树，按着一棵树的样子生长。

还有，那些鸟们。

我也怕惊扰了它们的歌声。鸟的歌声，有着穿透人心的宁静。大凡天真着的事物，都有着这般魔力。鸟是天真的。

森林是鸟的天堂。这个黄海森林亦不例外。在这里，鸟的种类，多达二百四十种。

大白天里，却难得见到它们的身影。它们或许是在森林更深处。又或许飞去更远方。往东，就是一望无际的滩涂和大海。天高任鸟飞。对鸟们来说，飞翔是它们一生为之奋斗不懈的事。

清晨，这些鸟们刚刚睡醒，尚未出门。它们用歌声开始它们新的一天。唧唧唧，啾啾啾，稚语欢笑，响成一片，树顶上仿佛开着幼稚园。我能想象，它们一边梳洗着羽毛，一边歌唱。一边吃着早点，一边歌唱。它们对着清新的万物歌唱。对着薄薄的晨雾歌唱。没有一只鸟儿，不是属于歌的。

它们又似在热烈讨论着，今天要飞往哪里去，沿途会遇见什么样的新鲜事。它们会遇见什么新鲜事呢？会看到一朵蒲公英，在小河边静悄悄地开了；会遇到牛，在树林里安详地吃着草；会看到彩色的蜘蛛，在一座桥的桥栏上织网，一丛小野菊，伏在桥的那头凝望；会看到滩涂上盐蒿的脖子，被秋给染红了；还会遇到赶海的人，他们背着背篓，走向海里去，背影越来越小、越来越小，最后，小到成了一只只鸟。海天一色。

太阳出来了，从森林的东方，从海的那一边。瞬间，一个天地，仿佛启开了无数瓶香槟酒，橘色的泡沫四处飞溅。庆贺吧，庆贺吧，新的一天开始启航了！这时候，每一棵树看上去，都有着洁净的光芒。像极一个精神明亮的人。

　　我总是要想到葵花，一排一排，种在小院门口。

　　是祖母种的。祖母侍弄土地，就像她在鞋面上绣花一样，一针下去，绿的是叶，再一针下去，黄的是花。

　　记忆里的黄花总也开不败。

　　丝瓜、黄瓜是搭在架子上长的。扁扁的绿叶在风中婆娑，那些小黄花，就开在叶间，很妖娆地笑着。南瓜多数是趴在地上长的，长长的蔓，会牵引得很远很远。像对遥远的他方怀了无限向往，蓄着劲儿要追寻了去。遥远的他方有什么？一定是爱情。我相信南瓜定是一个痴情的女子，在一路的追寻中，绽开大朵大朵黄花。黄得很浓艳，是化不开的情。还有一种植物，被祖母称作乌子的。它像爬山虎似的，顺着墙角往上爬，枝枝蔓蔓都是绿绿的，一直把整座房子包裹住了才作罢。忽一日，哗啦啦花都开了，远远看去，房子插了满头黄花呀，美得让人心醉。

最突出的，还是葵花。它们挺立着，情绪饱满，斗志昂扬，迎着太阳的方向，把头颅昂起，再昂起。小时我曾奇怪于它怎么总迎着太阳转呢，伸了小手，拼命拉扯那大盘的花，不让它看太阳。但我手一松，它弹跳一下，头颅又昂上去了，永不可折弯的样子。梵高在1888年的《向日葵》里，用大把金黄来渲染葵花。画中，一朵一朵葵花，在阳光下怒放。仿佛是"背景上迸发出的燃烧的火焰"，梵高说，那是爱的最强光。在颇多失意颇多彷徨的日子里，那大朵的葵花，给他幽暗沉郁的心，注入最后的温暖。

我的祖母不知道梵高，不懂得爱的最强光。但她喜欢种葵花。在那些缺衣少吃的岁月里，院门前那一排排葵花，在我们心头，投下最明艳的色彩。葵花开了，就快有香香的瓜子嗑了。这是一种很香的等待，这样的等待很幸福。

葵花结籽，亦有另一种风韵。沉甸甸的，望得见日月风光在里头喧闹。这个时候，它的头颅开始低垂，有些含羞，有些深沉。但腰杆仍是挺直的。一颗一颗的瓜子，一日一日成形，饱满，吸足阳光和花香。葵花成熟起来，蜂窝一般的。祖母摘下它们，轻轻敲，一颗一颗的瓜子，就落到祖母预先准备好的匾里。放在阳光下晒，会闻见花朵的香气。一颗瓜子，原是一朵花的魂啊。

瓜子晒干，祖母会用文火炒熟，这个孩子口袋里装一把，那个孩子口袋里装一把。我们的童年，就这样香香地过来了。

盛夏的果实

　　乡村的盛夏，有着最为饱满的繁华，花开得欢，瓜果结得实。那些瓜果不是一只只，而是一篮篮，是必须用篮子装的。每家地里，都牵着绕着无数的藤蔓，上面挂满瓜果，丝瓜、黄瓜、香瓜、扁豆……哪里能数得清？

　　我回乡下看父母，住在父母的老房子里。房前是一排一排的玉米，我望着玉米笑，想起小时偷集体地里玉米棒的事来。那时，提着篮子在玉米地里割猪草，割着割着，趁人不注意，掰下一颗嫩玉米棒，就往怀里藏。像胖胖的小熊，自以为没人看见。其实，大人们都知道，这孩子怀里藏着什么。他们只笑笑，不说。他们宽容着我这点私密的拥有和快乐。等回到家，我立即迫不及待把玉米棒放到灶膛里，烤。灶膛的火，映红一张兴奋的小脸。一会之后，玉米的香味就四溢开来，那香味真浓烈啊，会香一整个晚上。现在城里的饭店里，有用嫩玉米粒做菜的，和着虾仁炒，油水淹着，是乡下女子化浓妆，失了她的本真。我还是喜欢烤着吃或煮着吃，一咬一大口，香味隽永。

院子里的梨树，是我上大学那年栽的，十来年过去了，它依然长势良好。年年夏天都会挂很多的梨，树枝因此笑弯了腰。我坐在窗前望它们，心里有甜蜜的汁液流过。这是很好的时光，我和一树的梨对望。一排风吹过来，吹过去，风中满是草的香味瓜果的香味——青翠的味道。我以为，乡村的味道，是染了颜色的，是黄黄的香，绿绿的香。

黄的是花，是大片大片丝瓜花黄瓜花，还有南瓜花，趴在小院的院墙上。南瓜小时是吃怕了的，上顿下顿都是它。它比其他农作物好长，一粒种子种下去，就会长出一大蓬来，牵牵绕绕中，大朵大朵的南瓜花开了。不几日，花谢，南瓜打苞了，这个时候，它们像野地里的孩子，见风长，不出半月，就长成一个一个的胖娃娃，淘气地卧在叶中间。现在城里人的饭桌上，南瓜被当作宝贝，切成一片一片的，放了糖蒸，用雕花的白瓷盘装着，特别诱人食欲。

母亲问："记得不，那个捧着大南瓜笑着的丫头？"我的思绪轻轻绕了个弯，隔着遥遥的岁月望过去，有淡淡的哀痛浮上来。当年那个小丫头，和我同桌，十岁，有一张圆圆的脸。那年，她家里南瓜丰收，她捧着一只大南瓜，站在风里笑。不久之后，她大病，夜里起床喝凉水，受了风寒，竟死去。

现在，无数个夏天过去了，她永远是十岁的那一个，在记忆深处笑着，灿烂着，捧着一只大南瓜。

这，大概就是永恒了。

我情愿这样想，有些人的诞生，是为了永恒。就像十岁的那个小丫头。我情愿相信天堂之说，觉得好人都去了那里。那里，一定也有大片的南瓜花开，在盛夏，也有瓜果成篮地装。

　　我们只不过隔了一段距离，在各自的世界里安好。

Chapter

6

住在自己的
美好里

　　他是小镇上有名的老中医，我认识他的时候，他已六十开外了。

　　他的家，稍稍有些偏僻，在一条巷子的深处。三间平房，很旧了，简陋着，却有个大大的院落。旁边住宅楼一幢接一幢竖起的时候，有人劝他搬家，他不肯，他是舍不得他的大院子。

　　大院子最大的好处是，可以让他尽情地种草养花。院子里除了一条小道供人走，其余的地方，均被他种上了花。这还不够，他还要把花搬进屋子里。客厅一张条桌上，摆满各色各样的花盆，甚至连吃饭的碗，都用来盛花了。他是花世界里的人。

　　也种一些奇奇怪怪的药草，清清淡淡的，开小小的白花或黄花。他把这些药草捣碎了，制成各种药丸，给上门求诊的人吃。他的药丸，效果十分显著，尤其针对小儿的腹泻和咳嗽，几乎是药到病除。

他在民间的名声，一传十，十传百，方圆百十里的地方，无人不知。他家的院门前，整天车马喧闹，人来人往。外乡人也赶了老远的路来，让他给看病。

他坐在簇簇的花中间，给人把脉，轻轻雅雅地说话。他在药方子上，写上瘦长瘦长的字。他一粒一粒数了药丸，包上，嘱咐着病人怎么吃。他的收费极低，都是一块钱两块钱的。有时，甚至不要钱。他说，乡下人不容易。病人到这时，病好似去除掉大半了——他整个的人，都袭着花香，是那么让人放心。

那时候，我在他所在的小镇工作。我的孩子小，三天两头生病，我便常常抱了孩子去敲他家的门。有时，半夜里，他被我从睡梦中叫醒，披一件衣，穿过一丛一丛的花，来开门。薄薄的月光飘着，远远望去，清瘦的老先生，很有种仙风道骨的样。

其实，不只我半夜里去"吵"过他，小镇上有孩子的人家，大多数半夜里都去"吵"过他。他总是毫无怨言，无比温和地给孩子看病。为了哄哭闹的孩子，他还特地买了不少孩子爱吃的糖果放家里，以至于孩子一到他家，就熟门熟路地去拉他家橱柜的门。孩子知道，那里面，藏了许多好吃的。

我们过意不去，要多给他钱。他哪里肯收？他摸摸孩子的头，说，宝宝，你长大了，记得来看看爷爷就好了。

在他的照拂下，我的孩子，健康地成长起来。小镇上许多的孩子，都健康地成长起来。

我离开小镇，一别七八年，小镇上的人和事，渐渐远了。却常常不经意地想起他，清瘦的样子，温温和和的笑容，还有他那一院子的花。

前些日子，有小镇人来城里办事，我们遇见。我们站在街边一棵梧桐树下，聊小镇过往的人和事。我问起老先生。那人轻轻笑，说，他走了，走了已有两年多了。

那人说，他的葬礼浩大得不得了，四面八方的人，都赶去给他送葬。送他的花篮，多得院子里摆不下，都摆到院墙外去了，绵延了足足有半里路。

那人说，他有颗菩萨心，好人有好报的。

我微微笑起来，想老先生一生与花为伴，灵魂，当也变成一朵花了吧。这世上，你若种下善的因，定会结出善的果。

事业有成的男人，天天忙着他的事业，业绩一路攀升。由于忙，他的时间，几乎全被工作填满了。他忽略了对妻子的承诺，对儿子的关爱，对母亲的问候。妻子要去十三陵水库看一看，那是他们最初发生爱情的地方。他答应："好。"却一拖就是好几年。儿子提意见，说同学的爸爸，会陪着他们的孩子打乒乓球呢。他有点内疚，许诺："等爸有空了，也陪你打。"却一直没有空。母亲在遥远的乡下，想他想得不行了，打电话给他。他正忙着，在陪客户谈事情。匆匆两句话，他就搁下了母亲的电话。也有不安，他想，等他忙过这一阵子，他会回去看母亲的。

他没想过他会失明。怎么会呢？他风华正茂，事业正蓬勃。是有先兆的吧，一些日子，他看东西模糊，眼前总觉有云遮雾挡着。他没太在意，简单地休息后，又投入到紧张的工作中。妻子劝他适当放松一下，他说："事情这么多，哪里能歇下来？商场如同战场啊，你比别人少走一步，也许你就被淘汰了。"

那一天，他照例在电脑前忙碌着，眼前突然黑下来，什么也看不见了。他以为是错觉，使劲地晃晃头，闭着眼等了会儿，再睁开眼，眼前仍是黑乎乎一片。

医生的诊断，像给他判了终身监禁。医生说，视网膜严重脱落，导致的失明。能不能恢复，难说。

本是个生龙活虎的人，一下子两眼抹黑，时光如何安度？试着出门透口气，一步一步小心地寸着走，还是撞到了门框上。那一刻，他的心，疼得痉挛成一团。他躺在一个人的黑暗里，绝望地想，这个斑斓的世界，从此只他是个陌生人。

庭前白月光。妻子说："月亮升上来了。"他头转向窗外。问："月亮很美吧？"问完，却黯然神伤：月亮当然很美，可是，多少年没抬头看一看了？童年的天井里，他和母亲，坐在月下。母亲给他讲嫦娥奔月的故事。小小的人，仰头望天上的月，相信那里真的有月宫。他问母亲："我能飞到月亮上去吗？"母亲笑笑说："等你长大了，就能。"他努力想母亲的样子，竟是隔岸的烟雨，雾茫茫一片。他忽略母亲，实在太久太久了。

母亲却不远千里奔来，握了他的手安慰："我的儿福大命大，不会有事的，一切都会好起来的。"他囫囵欲睡时，听见母亲，在走廊上跟医生说话，母亲的声音里，带着哀求，母亲说："可以把我的眼角膜换给我儿子吗？"

他的泪，滚滚而下。他开始积极配合治疗，他知道，这世上，一个人的命，不但是他自己的，也是亲人的。

那是一个寻常天，离他失明，已一年多了。他坐在医院的花坛前散心，突然看见地上有一些小黑点在动，他觉得那是蚂蚁。可他不敢确定，他哪里会看到蚂蚁呢？他已与蚂蚁们隔绝太久。刚好有一个人经过，他拖住那人，指着地上，声音颤抖地问："那是蚂蚁吗？"那人奇怪地看看他，看看地上，说："是蚂蚁啊，咋的啦？"

　　那一刻，他只听见心在狂跳，天哪，我看见了蚂蚁！他掏出手机，按半天才把一串数字按好，他语无伦次地告诉亲朋："我看见蚂蚁了！"

　　他是幸运的，他复明了。余生也长，他不再把工作当作生命的全部，因为生命中，还有更重要的事要做。他要陪妻子去十三陵，要陪儿子打乒乓球，要陪母亲说话。他还要留点时间给自己，好好看看天，看看地，看看蚂蚁。

偶遇

　　小城有家卖饰品的小店，店名叫得极有意思，叫"偶遇"。小店开在一条古旧的街道上。店里卖的都是小饰品：精美的钥匙扣，拙朴的香水瓶，会唱歌的玻璃小人，五颜六色的发圈……每一样，都是精致小巧的。一间再普通不过的小屋，被装点得像童话。让人颇感意外的是，店主是个六十开外的老妇人，穿大红的衫，戴贝壳串成的手链，笑容灿烂，举手投足间，自有一段风情。年轻时，她迷恋小饰物，一直没有机会开这样的店，退休了，她重拾旧梦，天天守着一堆"宝贝"，把日子过得如花似玉。

　　那条街道我不常去，自然不知道这间"偶遇"。那天突然撞见，欢喜莫名。这样的相遇，不特意，不约定，带来的惊喜，像晶莹的雪粒，落在心上。一颗一颗，都是透亮的湿润和清凉。后来的一些天，我脑子里不时会蹦出那家小店来，一屋的小饰品，叮叮当当，叮叮当当。与老妇人的风情，竟十分的般配。我不由自主地微笑，岁月里，我们总会渐渐老去，梦想却不会。

也是这样的偶遇，在武汉。当地文友拉我去逛光谷步行街，她说那里的灯光，美得让人惊心。天桥之上，我被一朵一朵怒放的玫瑰花牵住了脚步。确切地说，那不是花，那是一堆橡皮泥。可它分明又是花，在灯光的映衬下，瓣瓣舒展，鲜艳欲滴。

捏橡皮泥的，是个矮个子男人，眼睛细小，皮肤黝黑，满脸沧桑。沧桑中，却有种淡定的平和。他在眨眼之间，把一小坨橡皮泥，捏成一朵盛开的玫瑰。我蹲下去，看他捏。他十指扭曲，严重残疾，却灵活。手像被施了魔法似的，在橡皮泥上轻轻一按，一瓣花开了。再轻轻一按，一朵花开了。

我挑起一枝，紫色，典雅大方。想买。他说，这个不卖，人家预定好了的，你要买，我再给你捏。我惊讶了，我说，你可以重捏一个给预定的人啊。他却坚持不卖，说他答应过给人家留着的，就一定得留着。一会儿之后，他给我捏出另一朵来，洒上荧光粉。他关照，你回去对着灯光照上十来分钟，它会发光的。

从武汉回来，我别的东西没带，只带了那枝花回来。看见它，我总要想一想花后的那个人，生活对他或许有诸多不公，他却能够做到心境澄清，不急不躁，让花常开不败。

还是这样的偶遇，在云南。夜晚的广场上，一群人围着篝火在跳舞。不断有人加入进去，天南地北，并不熟识。不关紧的，笑容是一样的，快乐是一样的，心灵因一团篝火，在瞬间洞开。我站在圈外看，有人跟我招手，来呀，一起来跳啊。我笑着摇摇头。手突然被一陌生女子牵了，她不由分说把我牵进欢乐的人群中。灯光暗影里，她脸上的笑容明明灭灭，如星星闪烁。她说，跳吧，一起跳吧，很好玩的呀。她很快踩上音乐的节奏，身体像条灵活的鱼，看得我眼热，跟着她后面跳起来。那是我平生第一次跳舞，完全的不着章法，欢乐却像燃着的篝火，把人整个地点燃。曲终，转身寻她，不见。满场的欢声笑语，经久不散。

人生还有多少这样的偶遇？在时间无垠的荒野里，我们都是跋涉的旅人，却因这偶然的相遇和眷顾，布下温暖的种子。日后，于某一时刻，不经意地想起，那些温暖的种子，早已在记忆深处，生根发芽，抽枝长叶，人生因此变得丰盈。

草地上的月亮

夏天正热烈的时候，我去寻找荷花，意外撞见一块美丽的草地。草地傍河，旁有小土丘作假山。假山上丝竹环绕，绿草如茵，花开数朵，虫鸣其间，自得其乐。

我便常常在那里流连。有月的夜晚，在家里坐不住，我关上门，和那人一起，走上二三里的路，奔了那里去。盘腿坐在草地上，听风吹，听虫叫，听花开，听草与草的喁喁私语。夜的声音，丰富得令人惊奇。

月亮掉在河里。河水清幽幽的，河里的月亮，便显得格外俏皮。像喜欢探险的孩子，偏要往了那幽深的地方去，一步一探，一步一惊叫。这是月亮的乐。月亮为什么不乐呢？

一艘驳壳船停泊在不远处的水上。月色把它的坚硬，泡成柔软。它看上去，很像一蓬青绿的小岛，浮在水面上。我认识那船，外地人的，男人女人，还带着两个五六岁大的孩子。是两个男孩，看上去像双胞胎，一样黝黑的皮肤，一样圆溜溜的眼睛，壮壮实实的。他们在岸上捉蚱蜢，追蜻蜓，玩得不亦乐乎。有大船运来货物的时候，男人女人就忙开了，他们的驳壳船，承载着卸载货物的重任。那是晴白的天。

一些时候，河岸静着，男人女人闲着。船上的桅杆上，扯出一根绳索来，女人在晾衣裳。家常的衣裳，一件一件，大大小小，红红蓝蓝，有岁月静好的意思。男人呢？男人竟在船头钓起了鱼，天热，他打着赤膊，相当的悠闲自得。有天黄昏，我走过那里，竟意外发现他在船头拉二胡。女人进进出出，并不专心听。两个孩子在打闹着玩，也不专心听。男人不在意，他拉了自己听，拉得专注极了，呜呜哑哑，呜呜哑哑。那是他的乐。

我想起另一些场景。那个时候还小，邻家有老伯，相貌奇怪，嘴角歪着，脸上遍布疤痕。手脚亦是不灵便的，走路抑或递物，都哆哆嗦嗦着。听大人们说，他年轻时，遇一场大火，家人悉数被烧死，他死里逃生。村人同情他，给他重新搭了两间茅屋住，分配了两头牛，让他养着。日日见他，都是与牛同进同出的。

他却喜欢歌唱。有人无人时，他高起兴来，都会扯开嗓子吼几句。唱的什么歌无人说得清，反正就那样唱着，头微微仰向天空，嘴巴大张着，一声接一声，乐着他自己的乐。每逢他唱歌，村里人都会笑着说，听，谢老大又在学牛哞哞叫了。谢老大是村人对他的称呼。可能他是谢家最大的孩子——这是我的猜测了。我一直不知道他的名字。

他并不介意村人的取笑，照旧唱他的，头微微仰向天空，嘴巴半张着。他身旁的牛，温顺地低着头，吃着草。

也见他在夕阳下喝酒。做下酒菜的，有时是一碟萝卜，有时是一碟咸菜。他眯着眼睛，轻呷一口，并不急着把酒咽下去，而是含在嘴里，久久咂摸着，脸上浮现出满足的笑容。我远远站着看，以为那酒，定是世上最好的美味。某天趁他不注意，偷喝，麻辣出两眶泪。经年之后，我始才明白，他品尝的，原是心境。

月亮升得越来越高，升到草地的上空。夜露悄悄落，落在草叶上。这个时候的月亮，变得更调皮了，它钻进草叶上的每滴露珠里。于是，每滴露珠里，都晃着一个快乐的月亮。我坐在这些大大小小的月亮中间，跟虫子比赛吟唱，心境澄清，我也像一枚，快乐的月亮了。

快乐，原是上帝赋予每个生命的。公平，无一遗漏，如阳光普照。无论贵贱，无论贫富。

一只猫的
智慧

朵朵是我捡回的一只猫。

许是有着流浪的经历，它很少有安分的时候。把它留在屋子里，它是不大待得住的，除非它饿了，跑回来讨吃的。

好在我有自己的院落，大门整天洞开着，很方便朵朵的自由出入。院落外面，是一大块空地。空地上，东家种点瓜，西家种点菜，还有人在里面种花。花是海棠，一年里，大部分时间，海棠都在开着花。红艳艳的，浮霞一般。

朵朵很喜欢这块地，它把它当乐园。它在里面打滚。它在里面奔跑。它跟花捉迷藏。它跟草捉迷藏。它也逗着一些小虫子玩，捉起，再放。再捉，再放。一玩就是大半天。在一只猫的眼睛里，这个世界，都是好玩的吧。

我有时会站在院门口看它玩。它顺着竹竿爬，爬，一直爬到竹竿顶端，跟一茎丝瓜藤比赛着跑。它扑到海棠花上，摇落了海棠花几瓣，它抓住那几瓣海棠，愣是玩了半晌。地里一棵普通得不能再普通的一年蓬，朵朵围着它，竟也玩出百般的趣味来。风吹，一年蓬的草尖尖轻轻摆动，可把朵朵兴奋坏了。它紧张地盯着那摆动的草尖尖，埋下半截身子，蓄势待发。突然，它箭一般地射出它的身子，扑过去，跳上跳下。像骁勇的士兵，独闯沙场。真是羡慕它啊，人的心，早就失了这样的活泼天真，老到得很世故，倒是无趣得很了。

夏天，我在屋门外另加了一道纱门，挡蚊虫苍蝇。这多出的一道门，给朵朵带来极大困扰。一道门挡着，它要么进不来，要么出不去。它抗议，喵呜喵呜叫唤，使劲叫唤，以吸引楼上我的注意。我听到了，会下楼来替它开门，放它进来，或放它出去。有时我听不到它叫，或者听到了，我正忙着，就不去搭理它。它很郁闷地独坐在门前，透过纱门，盯着外面的世界。几片落叶，掉进院中来，在院子里的大理石地面上翻卷，朵朵望着很着急。这时我若开门，它准会一跃而起，弹跳出去，搂着地上的落叶打滚，头都来不及抬的。

某天，我出门散步，忘了把朵朵放出来。等我散步归来，竟看到朵朵在院门口的那片空地里，正追扑着一只小虫子，玩得不亦乐乎。我惊奇不已，屋门完好无损地关着，它是怎么出来的？

留心观察它，很快被我发现了玄机。原来，它的小脑袋里，不知什么时候已琢磨出开门的小点子。它对着关紧的纱门，退后几步，埋下半截身子，像跳高运动员一样，来一段助跑，等跑至门边，整个身子猛地一跃，两前爪向前，扑到纱门上，门就被推开了。

它跑出去，还不忘回头，得意地冲我"喵呜"一声。

这世上，所有的生命，原都各有各的生存智慧和本领。一只猫的智慧，该是轻轻盛放的一朵花、绿绿的一株草、一只飞翔的小虫子、一阵淡拂的清风——是灵魂的自由。

　　阳阳是我邻居的女儿，四岁，有一双圆溜溜的眼，很小人精的样子。

　　小区修葺花园，运来一堆沙。阳阳可找到乐了，守着一堆沙，一玩就是大半天。她不辞辛苦地把沙子装进一个小颈的瓶子里，再倒出来。再装，再倒。或者，抓起一把沙子，随手一扬。沙子飘落，灌她一头一身。她的笑声，也跟着跌落。

　　我在一边看着好笑，问她，阳阳，这沙子有什么好玩的？

　　她头也不抬地答，好玩就是好玩呗。继续玩得不亦乐乎，把沙子装进瓶子里，再倒出来。再装，再倒。碎碎的阳光，金粉一样的，铺她一身，她是淹在金粉里的孩子。

　　看着她，怔怔想，从前的自己，也是这般无忧着的吧？玩泥巴、捉蜻蜓，把捡来的石子，当作宝贝，塞满裤兜。

在孩子的眼睛里，这世上的一切，原都是充满生机充满乐趣的，所以，快乐无处不在。只是，从哪一天起，这些快乐离我们越来越远，直至，看不见了？

阳阳喜欢唱歌，一天到晚，她的嘴里，都在哼哼唧唧地唱着。有时唱得兴起了，还伴以一些动作，手也舞足也蹈的。一次，我认真听她唱歌，却一句也没听懂。

笑问她，阳阳，你唱的是什么歌呢？

她奇怪地看我一眼，说，我唱的是我自己的歌啊。

她继续唱，对着一盆盛开的茶花唱，对着窗前飞过的鸟儿唱，对着天空唱，对着自己的玩具唱，甚至，对着一面墙壁唱。神情专注，姿势投入。

每个孩子的心里，原都装满了属于自己的歌。你若路过，可以伫听，但千万不要打断。那种天籁之音，从前的你，也有，也有啊。可是，什么时候你把它搞丢了呢？

月明星稀夜，我和邻居，带着阳阳一起在小区散步。天空真明净，黛青色的天幕上，只缀着一个月亮，像画上去似的。清风徐徐，这样的夜晚，适合抒情。我的脑子里，很是应景地蹦出一些诗句来："月出皎兮，佼人僚兮。舒窈纠兮，劳心悄兮。"古人的浪漫，是与自然长存的，望见明月，就想到那个如明月一样的人，想得心里，爬满忧伤，——不能相见的苦。

阳阳在我们前面蹦跳，她沐在奶油样的月光里，像一只快乐的小猫。把她"捉"过来，指着天上的月亮问她，阳阳，你看，天上的月亮像什么？

我心里冒出李白的那句"小时不识月，呼作白玉盘"，想这小人儿会不会说出白玉盘之类的话来。谁知她抬头认真地看了看天空，然后肯定地告诉我，月亮像月亮啊。

月亮像月亮，多么恰当的比喻！我被一个孩子折服。古今中外，那么多优美的描写月亮的诗句，都没有这一句来得真，来得美。可不是吗，月亮若不像月亮，它还能像别的什么呢？人生抛却了那么多的弯，还原成最初真实的模样，你就是你，我就是我，月亮就是月亮。

去一个老宿舍区找人。

老宿舍是上个世纪八十年代初建的，平房，一字排开，隔成一小间一小间的。一小间里住一户人家，一家好几口人，都挤在这一小间里。邻里不消说鸡犬声相闻，就是彼此间轻微的呼吸，都能听得见。——当然，这都是从前的事了。

现在，这些平房，蹲在几幢高楼后。房顶的瓦片上，生满了岁月的绿苔。乡下的草，也跑来凑热闹，一簇一簇的狗尾巴草，聚集在房屋顶上，春天绿着，秋天黄着。墙壁上涂抹的白石灰，已斑驳成印象画了。前面的高楼挡着，老房子终年难得见到阳光。

在老房子里长大的孩子们，早已羽翼丰满，飞了。他们再不肯住在这里，哪怕在外租房住。留守在这儿的，都是些上了岁数的老人。老人们念旧，住久了的房子，有些像他们的亲人，难丢难舍。

我去时，是冬天。冬天的阳光，见缝插针地，从高楼的缝隙里，漏下一点两点来。我看到几个老妇人，从老房子里捧了被子出来，追着阳光走。阳光走到哪儿，她们就把被子晾到哪儿，一边拍打着被子上阳光的羽毛，一边闲闲地说话。她们看到诧异的我，笑着对我说："我们在赶太阳呢。"脸上是一派的安详。

赶太阳？多好的一个词语！我在这个词语前驻足，从此铭记在心。每当我觉得寒冷的时候，觉得灰心失望的时候，我就把这个词语掏出来，暖一暖。人生不是被动地接受，更是主动地追求，才能获得你所需要的温度。

连续的阴雨，天像破了似的，滴答滴答个没完没了。

家里的衣物，摸上去都是潮乎乎的，——连人也似乎是潮乎乎的人了。南方的梅雨天，总是让人难耐。

小孩子却没有这样的感觉，雨天里他们照旧玩得兴高采烈的。他们穿了雨鞋，偏寻着洼地积水走，一脚踩下去，击起水花一朵朵，乐得他们哈哈笑。

五岁的小侄儿，也跟着别的孩子，去踩洼地的积水玩。还叠了一些小纸船去放，边放边唱着别人不懂的歌。孩子的快乐，简单透明，无关天气。

又一阵雨来，他被"捉"回家。他四下里看看，突然问我："姑姑，你有彩笔吗？我想画画。"

我赶忙找了纸笔来，他握笔在手，大刀阔斧地作画。

他先画一幢房，房子歪歪扭扭的，上面开满门和窗。

我问："为什么画这么多的门和窗啊？"

小侄儿答："是为了让小猫小狗进来呀，还有小鸟进来呀，还有小兔子小熊进来呀……"我失笑不已，小侄儿大概准备开动物园了。

他又开始画树和花。树们很不成规矩地挤在一起，高的矮的，胖的瘦的，有弯着长的，有斜着站的，一律是山花插满头，花朵儿小果子似的挂着。

问他："哪有树是这样长的？"小侄儿不屑地一撇嘴，答："本来就是这样长的呀。"

后来，他画了一个大太阳，光芒长得恨不得拖到地上。又刷刷几笔，给大太阳加上了一对硕大的翅膀。

我说："太阳怎么长了翅膀呢？"

小侄儿头也不抬地说："太阳本来就有翅膀啊，下雨的时候，它飞出去玩了，一会儿，它还会飞回来的。"

感动。原来，无论天空如何阴霾，太阳一直都在的，不在这里，就在那里，因为，它长了一对会飞的翅膀。

我和几个孩子站在一片园子里，感受秋天的风。园子里长几棵高大的梧桐树，我们的脚底下，铺一层厚厚的梧桐叶。叶枯黄，脚踩在上面，嘎吱嘎吱，脆响。风还在一个劲儿地刮，吹打着树上可怜的几片叶子，那上面，就快成光秃秃的了。

我给孩子们上写作课，让孩子们描摹这秋天的风。以为他们一定会说寒冷、残酷和荒凉之类的，结果却出乎我的意料。

一个孩子说，秋天的风，像把大剪刀，它剪呀剪的，就把树上的叶子全剪光了。

我赞许了这个比喻。有二月春风似剪刀之说，秋天的风，何尝不是一把剪刀呢？只不过，它剪出来的不是花红叶绿，而是败柳残荷。

剪完了，它让阳光来住，这个孩子突然接着说一句。他仰向我的小脸，被风吹着，像只通红的小苹果。我怔住，抬头看树，那上面，果真的，爬满阳光啊，每根枝条上都是。失与得，从来都是如此均衡，树在失去叶子的同时，却承接了满树的阳光。

一个孩子说，秋天的风，像个魔术师，它会变出好多好吃的，菱角呀，花生呀，苹果呀，葡萄呀。还有桂花，可以做桂花糕。我昨天吃了桂花糕，妈妈说，是风变出来的。

我笑了。小可爱，经你这么一说，秋天的风，还真是香的。我和孩子们一起嗅，似乎就闻见了风的味道，像块蒸得热气腾腾的桂花糕。

一个孩子说，秋天的风，像个调皮的娃娃，他把树上的叶子，扯得东一片西一片的，那是在跟大树闹着玩呢。

哦，原来如此。秋天的风一路呼啸而下，原是藏着笑的，它是活泼的、热闹的，是在逗着我们玩的。孩子们伸出小手，跟风相握，他们把童年的笑声，丢在风里。

走出园子，风继续在刮。院墙边一丛黄菊花，开得肆意流畅，一朵一朵，像新剥开的橘子瓣似的，瓣瓣舒展，颜色浓烈饱满。一个孩子跳过去，弯下腰嗅，突然快乐地冲我说，老师，我知道秋天的风还像什么了。

像什么呢？我微笑地看她。她的小脸蛋，真像一朵小菊花。

秋天的风，像一个小仙女，她走到菊花旁，轻轻吹一口气，菊花就开了。这个孩子被自己的想象激动着，脸上洇着兴奋的红晕。

我简直感动了。可不是，秋天的风，多像一个小仙女啊！她走到田野边，轻轻吹一口气，满田的稻子就黄了。她走到果园边，轻轻吹一口气，满树的果实就熟了，橙黄橘绿。还有小红灯笼似的柿子。还有青中带红的大枣，和胖娃娃一样的石榴。她走到旷野边，轻轻吹一口气，一地的草便都睡去了，做着柔软的金黄的梦。小野花们还在开着，星星点点，红的、白的、紫的，朵朵灿烂。在秋风里，在越来越高远澄清的天空下。

一只鸟，蹲在楼后的杉树上，我在水池边洗碗的时候，听见它在唱歌。我在洗衣间洗衣的时候，听见它在唱歌。我泡了一杯茶，捧在手上恍惚的时候，听见它在唱歌。它唱得欢快极了，一会儿变换一种腔调，长曲更短曲。我问他："什么鸟呢？"他探头窗外，看一眼说："野鹦鹉吧。"

春天，杉树的绿来得晚，其他植物早已绿得蓬勃，叶在风中招惹得春风醉。杉树们还是一副大睡未醒的样子，沉在自己的梦境里，光秃秃的枝丫上，春光了无痕。这只鸟才不管这些呢，它自管自地蹲在杉树上，把日子唱得一派明媚。偶有过路的鸟雀来，花喜鹊，或是小麻雀，它们都是耐不住寂寞的，叽叽喳喳一番，就又飞到更热闹的地方去了。唯独它，仿佛负了某项使命似的，守着这些杉树，不停地唱啊唱，一定要把杉树唤醒。

那些杉树，都有五六层楼房高，主干笔直地指向天空。据说当年栽植它们的，是一个学校的校长，他领了一批孩子来，把树苗一棵一棵栽下去。一年又一年，春去春又回，杉树长高了，长粗了。校长却老了，走了。这里的建筑拆掉一批，又重建一批，竟没有人碰过它们，它们完好无损地，甚或是无忧无虑地生长着。

我走过那些杉树旁，会想一想那个校长的样子。我没见过他，连照片也没有。我在心里勾画着我想象中的形象：清瘦，矍铄，戴金边眼镜，文质彬彬。过去的文人，大抵这个模样。我在碧蓝的天空下笑，在鸟的欢叫声中笑，一些人走远了，却把气息留下来，你自觉也好，不自觉也好，你会处处感觉到他的存在。

鸟从这棵杉树上，跳到那棵杉树上。楼后有老妇人，一边洗着一个咸菜坛子，一边仰了脸冲树顶说话："你叫什么叫呀，乐什么呢！"鸟不理她，继续它的欢唱。老妇人再仰头看一会儿，独自笑了。飒飒秋风里，我曾看见她在一架扁豆花下读书，书摊在膝上，她读得很吃力，用手指着书，一字一字往前挪，念念有声。那样的画面，安宁、静谧。夕阳无限好。

某天，突然听她的邻居在我耳边私语，说那个老妇人神经有些不正常。"不信，你走近了瞧，她的书，十有八九是倒着拿的，她根本不识字。不过，她死掉的老头子，以前倒是很有学问的。"

听了，有些惊诧。再走过她时，我仔细看她，却看不出半点感伤。她衣着整洁，头发已灰白，却像个小姑娘似的，梳成两只小辫，活泼地搭在肩上。她抬头冲我笑一笑，继续埋头做她的事，看书，或在空地上打理一些花草。

我蹲下去看她的花。一排的鸢尾花，开得像紫蝴蝶舞蹁跹。

而在那一大丛鸢尾花下，我惊奇地发现了一种小野花，不过米粒大小。它们安静地盛放着，粉蓝粉蓝的，模样动人。我想起不知在哪儿看到的一句话：你知道它时，它开着花，你不知道它时，它依然开着花。是的是的，它住在自己的美好里。亦如那只鸟，亦如那个老妇人，亦如这个尘世中，我所不知道的那些默默无闻的生命。